MUZOKUSEI MAHO TTE JIMI DESUKA?

無属性魔法って地味ですか？

「派手さがない」と見捨てられた少年は最果ての領地で自由に暮らす

vol.3

RYUUICHI SUZUKI
著 鈴木竜一

マック
ロイスの愛羊。可愛くて大きくてもふもふで強い。
テスラ
万能なメイドさん。無表情だが、実はおちゃめな性格。
シルヴィア
ロイスの婚約者。騎士然とした性格だが、女の子らしい一面も。
ロイス
本作の主人公。自身の魔法属性が「無属性」だったことをきっかけに、最果ての地ジェロム地方の領主となる。

主な登場人物

CHARACTER

テレイザ

鉄道都市バーロンの町長。実はロイスと意外な繋がりが……!?

ディラン

コルミナの兄。好戦的な性格で、戦闘能力は随一。

コルミナ

「山猫の獣人族」の少女。同族の身を案じ、ロイスに接触する。

ジェロム地方にある霊峰《れいほう》ガンティア。

地味な無属性魔法使いであるとして家を追いだされた俺、ロイスが、この辺境とも呼べる地の領主になって早数ヶ月。

当初は、元冒険者で現在はジェロム地方唯一の冒険者ギルドでマスターを務めるフルズさんと、その娘のエイーダのふたりしかいなかった領民が、今では百人近くまで増えていた。

人々を集める原動力となっているのが、新たに見つかったダンジョンであった。

ここの評判は上々で、都市アスコサから噂《うわさ》を聞いた冒険者たちが続々と足を運び、ギルドは大繁盛。そのまま居着く者も多く、おかげで他の店も賑《にぎ》わっている。

ありがたいことだが、それに伴《ともな》いこの村のキャパが足りなくなってきた。嬉《うれ》しい誤算はまだあって、今日はアスコサで店を開く商人たちからの問い合わせが殺到《さっとう》。俺と、婚約者のシルヴィアは朝から対応に追われていた。

「ふぅ……これで七人目か」

「お疲れ様、ロイス。今の商人で最後だ」

屋敷の応接室にあるソファで商談をしていた俺に、シルヴィアがコーヒーを持ってきてくれた。

「デルガドさんたちに職人を派遣してもらっているけど……要望のあった店をすべてこの村へ誘致

するには建物が足りない」

職人さんたちには急ピッチで作業を頼んでいるが、無理をさせるわけにはいかない。

だが、村を発展させていくには商人の活躍が必要不可欠となる。冒険者だけでなく、この村に暮らす俺たちにとっても欠かせない存在となるだろうし。

「今後は何をするか決めているのか？」

「まあね。そろそろまた山の探索へ乗りだそうと思って」

村の運営で大忙しだったが、周りの協力もあって少しずつ落ち着きを取り戻していた。そこで、まだまだ謎《なぞ》多き霊峰ガンティアの調査を、少しずつでもいいので再開しようと思っていたのだ。

「山の探索……確かに、最近はずっと村にいる機会が多かったしな。そういえば、フルズさんがそろそろ村の名前を決めてはどうかと言っていたぞ」

「村の名前かぁ……」

確かに必要だよなぁ……全然考えていなかったよ。

今やこの近辺は村と呼んで差し支《つか》えない規模にまで成長している。

みんなにとっても決まった名称があった方が何かと便利だろうし、よりこの場所への愛着が湧《わ》くはず。

「とりあえず、明日はジャーミウさんを魔鉱石《まこうせき》のあるダンジョンへ案内することになっているから、それが終わってからゆっくり案を練っていこうかな」

ジャーミウさんはフルズさんの奥さんで、魔鉱石の加工職人。

諸々《もろもろ》の事情があって、一時は夫であるフルズさんと別居状態にあったが、その事情――体調面の問題――は完全にクリアしており、今ではこうして仕事に復帰できるまで回復していた。

「確か、そのままムデル族の集落に寝泊まりするんだったな」

シルヴィアが思い出したように頷《うなず》きながら言った。

「ああ。転移魔法陣でつないであるから、何かあってもすぐに医師のマクシムさんが治療へ行けるしね。それに、例の違法採掘現場に他の人間がやってくる可能性もある」

ガンティアの先住族、ムデル族の集落近くで発見された魔鉱石の違法採掘現場。

組織だって行われていた違法採掘の事件は、すでに現場にいた全員を拘束《こうそく》して解決した――かに思えたが、犯人の中に騎士がいたという事実が発覚し、騎士団は他にも身内が関与していた疑いがあるとして調査に乗りだしている。

今のところ、特にこれといって続報が入ってきているわけじゃないんだけど……何か分かったら、シルヴィアの兄であり、騎士団に所属するマーシャルさんが連絡をくれると言っていたので、今はただ待つしかない。

「違法採掘の現場か……あそこ自体がダンジョンでもあったな」

「うん。少しこっちの仕事を手伝ってもらったあと、ダイールさんやレオニーさんを中心にさらなる調査を依頼するつもりだ」

ダイールさんは元執事という異色の経歴を持つ熟練の冒険者。その実力とみんなをまとめるリーダーシップを買って、今は俺やシルヴィアの護衛騎士として働いてもらっている。

もうひとりのレオニーさんは新米冒険者——ということだったが、実はマーシャルさんから、俺たちの生活を陰《かげ》から支えるよう送り込まれた騎士であった。まあ、その正体が分かったあとは、表立って活動をしてもらっているけどね。

頼もしいふたりに任せようと思っているのは、違法採掘現場の追加調査だ。

——とはいえ、もう悪党は残っていないようなので、あくまでも周辺の安全に関して最終チェックをしてもらう程度なんだけどね。

彼らには霊峰ガンティアの再調査後に、そちらの仕事へ就《つ》いてもらう予定だ。

俺は続けてシルヴィアに言う。

「まだまだガンティアには未調査の部分が多い。この地方をより盛り上げていくためにも、もっと色々な場所を調べていかないとね」

「確かに……だが、そういうことなら、私も同行するぞ」

「ああ。頼むよ」

ガンティアでの未到達地点。とりあえず、明日はジャーミウさんをムデル族の集落へ送り届けてから一度麓《ふもと》へと戻り、それから東側へ行ってみようかな。

「ふふふ」

「ん？　どうかしたのか、シルヴィア」

「いや、ここへ来た当初は何から手をつけるか悩んだものだが……こうして、やるべきことがハッキリしていると、なんだか楽しくなってくるな」

「ああ、まったくだ」

楽しそうにしているシルヴィアを見ていると、こっちまでつられて笑顔になってしまう。

マーシャルさんと城で会ってから、シルヴィアは領地運営に対してさらに情熱を燃やしているようだった。

やはり、シルヴィアは三人の兄の中でも特にマーシャルさんを慕《した》っているみたいだ。

なんとなく、立ち振る舞いや口調もマーシャルさんに似ているし。

「うん？　なんだ、こっちをジッと見つめて」

「あ、いや……シルヴィアってさ――マーシャルさんに似ているよね」

「……えっ？」

明るかったシルヴィアの表情が一瞬にして暗くなる。

「わ、私は……マーシャル兄さんほどムキムキでは……」

「そっち!?　いやいや！　肉体じゃなくて性格とか雰囲気が！」

必死にフォローするが、シルヴィアは落ち込んだままだ。

「うぅ……顔つきはルーカス兄さんに似ていると言われるのに……」

「ルーカスさん……」

——ルーカスさんといえば、シルヴィアの一番上の兄だ。

そういえば、まだお会いしたことがないんだよなぁ。

まあ、いずれ会えるだろう。

さて、今日は早めに寝て、明日に備えるとするか。

◇◇◇

翌朝。

まずはジャーミウさんを連れ、転移魔法陣を経由してムデル族の集落へ移動。

「本当にここはいいところねぇ……」

深呼吸をしながら、新しい仕事場となるムデル族の集落を眺《なが》めるジャーミウさん。病《や》み上がりである彼女には、ここの新鮮な空気はもってこいだろう。

ジャーミウさんに諸々の説明をしたあと、転移魔法陣で再び麓に戻ってくる。

俺たちの本来の仕事は、ここから開始と言っていい。

今日はガンティア東部の調査に乗りだそうと、俺は朝から張り切っていたのだ——厳密に言うと、張り切っていたのは俺ひとりじゃないが。

その張り切っていたもうひとり……シルヴィアが話しかけてくる。

「まだ朝だというのに、暑くなってきたな」

「本当に……立っているだけで汗がじんわりと浮かんでくるよ」

暑さに負けないように準備を整えつつ、いつもの旅の相棒《あいぼう》のもとに向かった。

「行くぞ、マック」

「メェ～」

俺とシルヴィアのふたりで近場を中心に探索するため、荷物持ち兼移動手段としてマックを同行させることにした。

そう。

俺とシルヴィアのふたりだけ。今回、護衛はいない。

出立《しゅったつ》の前にみんなを集めてそれを告げると、メイドのテスラさんをはじめ、ダイールさんやレオニーさん、フルズさんやマクシムさん、さらには職人のまとめ役であるデルガドさんからも「デートか？」とからかわれた。

……まあ、デートみたいなものだけどさ。

浮《うわ》ついた気持ちを抑え、俺はシルヴィアに言う。

「水分をしっかりとれるように水筒を持っていかないと」

「ムデル族の集落近くにあった小川のように、綺麗《きれい》な川が流れている場所が他にもあればいいのだが」

「なるほど……高原の水ってわけか」

あったなぁ、そういうの。

ムデル族は、あの川の水を飲み水も含めた生活用水として使っていた。俺たちも、それにならえば――

「いけるな！」

新たなアイディアが浮かんだ。

そのためにも、まずは小川探しから始めてみるか。


汗が出るほどの気温も、標高が上がるたびにどんどん低下していった。

こういうの、高山気候っていうのかな。

とはいえ、麓に広がっている森の一部がここまで来ているし、ガンティアの高さから比べたら、この辺なんてまだまだ低地だ。

「この辺りは穏《おだ》やかだな」

「ああ。急勾配《きゅうこうばい》ってわけでもなく、平地も広がっている。それに、麓にある俺たちが住んでいる村からもそう遠くはない。次に村を作るならこの辺りが第一候補になるな」

お弁当として持ってきたサンドウィッチを頬張《ほおば》りながら、俺たちは今後の展望について語り合った。ちなみに、マックは辺りに生えた草をおいしそうに食べている。

「問題があるとすれば、道が少々荒れているということくらいか」

「そこは人員を割《さ》いてしっかり作業していけば大丈夫さ」

「そうだな。戻ったら、デルガドさんたちに相談だ」

「ああ」

……なんか、やっと領主らしくなってきたなって感じがする。

ギルドの方も順調にいっているみたいだし……あとは、産業だな。

とりあえず、村を広げるために伐採《ばっさい》した際に生じた木材がある。それを売ることはできないだろうか。また、麓に広がっているあの森は林業に適していると見ていた。冒険者以外にも、林業専門の人間を集めていくというのも手かもしれない。

そんなことを考えていたら、シルヴィアが何かを発見する。

「む？　あれはなんだ？」

その視線を追ってみると――

「えっ？　や、屋敷？」

全体像こそ見えないが、森の木々の合間にチラッとだけ見える屋根。

もしかして……今俺たちが住んでいる屋敷以外に、前領主が建てた屋敷があるっていうのか？

「……どうする？」

「行ってみるさ」

俺はシルヴィアにそう言って、マックを呼び寄せる。

午前中はのんびりとしていたが……午後は少し緊迫した調査となりそうだ。

何せその調査対象は、長らく人を寄せ付けなかった霊峰ガンティアの調査中に突如《とつじょ》現れた謎の屋敷。

果たして、誰がなんの目的で造ったのか。

少なくとも、例の違法採掘現場の者たちが拠点用に用意した建物とは思えない。それにしてはあまりにも古すぎたのだ。

屋敷の正体をつきとめるべく、俺とシルヴィアは早速移動を始めた。

そして、目的地のすぐ近くまでやってくると……

「「うわあ……」」

ふたりして、思わずそんな声が漏れてしまった。

だが、それほどまでに屋敷はひどい有様だったのだ。

俺たちが今住んでいる屋敷も、最初はひどかったが、それでも掃除をすればなんとか住めるレベルであった。

――が、ここは違う。

人が住めるとか住めないとか、それ以前の問題だ。

「か、かなりボロボロだな……」

シルヴィアはそう言いながら屋敷へと近づいていく――と。

「危ない！」

俺は慌ててシルヴィアの手をつかみ、こちら側へと引っ張る。

「ロ、ロイス⁉」

いきなりの俺の行動に、シルヴィアの声が上《うわ》ずる。

――でも、本当に危なかった。

危《あや》うく大怪我をするところだったよ。

「ど、どうしたというんだ？」

何も知らないシルヴィアからすると、突然俺が慌てだしたようにしか見えない。彼女は不安そうな表情でこちらを見つめる。

「……これを見て」

説明するよりも、直接目にした方が早いだろうと判断し、俺は近くに落ちていた石ころを拾い上げて屋敷の正門へと向かって投げる――すると、「バチッ！」という激しい音とともに凄《すさ》まじい閃《せん》光《こう》が走った。

「い、今のは⁉」

「結界魔法だ……それも、かなり威力がある」

威力があるどころか、殺傷する気満々って感じだった。

もし俺が止めていなければ、今頃シルヴィアは……ダメだ。想像したくもない。

「だ、誰があのような魔法を⁉」

「……調べてみる必要がありそうだな」

俺の持つ無属性魔法の中には、結界魔法も含まれている。

生み出すことができるなら、逆にそれを消滅させることだってできるのだ。

これほどまでに厳重な守りのある屋敷……もしかしたら、例の違法魔鉱石採掘と何かしらの関係があるかもしれない。

そんなことを考えつつ結界の解除に挑んでみたが……

「ぐわっ⁉」

「ロ、ロイス⁉」

突然、俺が行っていた結界解除を阻《はば》むように、強い衝撃が全身を襲ってきてたまらず吹っ飛んでしまった。

「大丈夫か⁉　ケガはないか⁉」

「あ、ああ、平気だよ」

慌てふためくシルヴィアをなだめつつ、俺はゆっくりと立ち上がる。

「……まさか、こちらの結界解除を阻害《そがい》する仕掛けがしてあるなんて」

「よほどここへは立ち寄られたくないんだな」

シルヴィアの言う通り、魔法を仕掛けた奴はどうしてもここに入られたくないのだろう。

――しかし、今、この地の領主は俺だ。

いずれ、この辺りまで村を拡大していく予定なんだ。正体の分からない屋敷をこのまま放置しておくわけにはいかない。

だが、現状の俺ではこの屋敷の結界を解くことはできないのが事実。

もっと高度な結界解除魔法を習得する必要があった。

「こうなったら……彼女の協力を得よう」

「彼女？　――ああ、彼女か」

どうやら、シルヴィアも気づいたようだ。

彼女――俺たちにとっては初めてできた、年の近い友人。

「みんなにもこの屋敷の存在を伝えなくちゃいけないし、一度麓へ戻ろう」

「そうだな。それがいい」

こうして、この場は一時退却とし、後日改めて挑むことになった。

……待っていろよ、正体不明の屋敷め。

必ず突破方法を引っ提《さ》げて戻ってくるからな！

麓に戻ってきた俺とシルヴィアが訪れたのは、ユリアーネが店主を務める村の書店だった。

このジェロム地方からもっとも距離が近い商業都市アスコサで、両親とともに暮らしていた彼女は、家業である書店をこちらでも開くために村へ移住してきたのだ。

俺たちとはそのアスコサで偶然出会ったわけだが、今では年も近いし、領主と領民という関係よりも友人同士という感覚だ。

しかし、根が真面目なユリアーネは、俺たちに対して敬語を欠かさない。

シルヴィアはタメ口でも問題ないって言ってはいるのだが……さすがにそこは彼女にも譲れないものがあるのだろう。あれでいて意外と頑固な一面もあるからな。

ともかく、書店を訪れた俺は謎の屋敷を探索するため、厄介《やっかい》な結界を消滅させる新たな無属性魔法取得を目指しているということをユリアーネに説明した。

「えっ⁉　あんなにたくさん無属性魔法を使えるロイスさんでも破れなかった結界があるんですか⁉」

彼女はそう驚いていたが……俺にとって、これは最大の弱点を露呈《ろてい》した結果とも言えた。

「たくさん使えるには使えるんだけどさ、ひとつひとつの練度がまだまだ低いと言わざるを得ないんだ……もちろん、今後強化していけば問題ないんだけど」

「な、なるほど。万能だと思っていましたが、そういう見方もあるんですね」

納得したらしく、何度も頷《うなず》くユリアーネ。

領地運営を円滑《えんかつ》に進めるため、俺はとにかくいろんな無属性魔法を覚えてきた。

現に、転移魔法や探知魔法は目覚ましい活躍ぶりを見せてくれている。

——だが、ここへきて、このままでは困難な状況が発生した。

あの屋敷の結界魔法は……ちょっとやそっとじゃ突破できない。誰が仕組んだのか分からないけど、かなり高度な魔法だった。

その壁を乗り越えるため、新たな魔導書を手に入れようとこの店にやってきたのだ。

「そういうわけだから、新しい魔導書があったら購入をしたいのだけれど」

「お任せください！」

胸をドンと叩《たた》いて頼もしい言葉を聞かせてくれるユリアーネ。

一度店の奥に引っ込み、やがて戻ってきたユリアーネは、全部で五冊の本を抱えていた。

「こちらになります！」

「こ、こんなに……」

「結構あるのだな」

俺もシルヴィアも、まさか五冊も出てくるとは思っていなかったので、少し面食らった。

「いつかロイスさんのもとへお持ちしようと調達していたんです！」

鼻息も荒く、ユリアーネは興奮気味に語る。

正直、これは大変ありがたい。

「新しい魔法だけでなく、従来の魔法も強化できるぞ……ありがとう、ユリアーネ！」

「そ、そんな……」

恥ずかしそうに俯《うつむ》きながらも、ユリアーネの表情は明るかった。

「それにしても……本当にたくさんの魔法があるんだな」

改めて、俺は無属性魔法の可能性に胸が高鳴った。

父上が言っていたように、無属性魔法には派手さがないし、攻撃手段として有用なものもない。

ハッキリ言って地味極まりないのだが……それでも、誰かの役に立つ魔法であることは確かだ。

俺はこれからも、この魔法とともに生きていく。

ユリアーネが持ってきてくれた本を眺め、そう強く思い直したのだった。


その日の夜。

ユリアーネから購入した魔導書をもとに、俺は修業に励んだ。

無属性魔法の利点は使い勝手がよく、万能であること。

戦闘能力は皆無だが、ほぼすべてが補助系の役割を果たせる。領主として領地開拓を進めていく上では、戦闘よりもこっちの分野の方が役に立つからいい。

――利点はそれに加えてもうひとつ。

これは俺もこの新しい本を読んでから知ったのだが、それぞれの無属性魔法のレベルアップが思いのほか容易だったのである。

普通、炎やら水やらの属性魔法を強化していくとなると、相当な努力が必要になってくる。

代表的な手法としては、特定魔法の使用回数を増やしたり、魔法を使って経験を積んだり……

言ってみれば、敵を魔法で倒してレベルアップしていくというのがしっくりくる表現だろうか。

だが、無属性魔法に関しては例外的に難しくはない。

魔力の錬成《れんせい》――以上である。

生まれ持った己の魔力を練り、より純度を高めていけばいい。

……無属性魔法が軽視される理由ってこれなんじゃないかな。

他の属性魔法はモンスターを討伐するなど、割と命がけな面も見受けられるけど、無属性魔法にはそういうことをする必要が一切ないのだ。これまでにもいただろう無属性魔法使いたちは、さぞ肩身が狭《せま》かっただろうなぁ。

――と、まあ、そんなわけで、前回よりも魔力を強化して、あの屋敷に張られた結界を突破しに行くか。

俺とシルヴィアは、翌朝からその屋敷へ目指そうと準備を始めたのだった。

◇◇◇

次の日の朝。

朝食を終えてシルヴィアと朝の鍛錬《たんれん》をこなしたあと、村の様子を見て回り、それから例の屋敷へ出発しようとマックを呼びに行こうとした――そこへ珍《めずら》しい来客が。

「ロ、ロイスさん」

恐る恐る声をかけてきた少年。

「どうかしたのかい、メイソン」

俺がそう声をかけた相手――それは、マクシム医師のひとり息子であるメイソン少年であった。

メイソンは冒険者稼業《かぎょう》に関心があるらしく、ギルドにてフルズさんのお手伝いをよくしてくれている――とはいえ、エイーダと同じ年齢であるメイソンに無理はさせまいと、フルズさんは書類の整理だったり、ギルド周りの掃除だったりと、彼の年齢でも負担なくできる範囲で仕事を与えていた。

そのメイソンだが、ギルドで働くうちにたくましい冒険者たちに対して憧《あこが》れの気持ちがより強くなったらしい。

今では仕事終わりにダイールさんを先生にして、剣術や基礎体力向上のための鍛錬に励《はげ》んでいるという。そのことを思い出してからメイソンを改めて見ると……最初に出会った時より、体つきがしっかりしてきた気がするな。

メイソンはジッと俺とシルヴィアの方に視線を固定すると、深呼吸をしてから語り始めた。

「僕を一緒に連れて行ってほしいんです」

「「えぇっ!?」」

思わぬ提案に、俺とシルヴィアは目を見開いた。

「つ、連れて行くって……」

「私たちが今日どこへ行くのか知っているのか？」

「新しく見つけた昔のお屋敷ですよね？」

瞳《ひとみ》を輝《かがや》かせながら、メイソンは興奮気味に話す。

まるで遠足にでも行くかのようなテンションだ。

……正直、まだ彼には早い気もするが……

「ご安心ください。私も同行いたします」

そう言いながら現れた男性は、丁寧な口調とそれに見合わない筋肉質なボディ。

他の冒険者たちから一目置かれ、メイソンにとっては冒険者としての先生でもあるダイールさんだった。

「ダ、ダイールさん……」

「彼はしっかり戦力になりますよ。それに……結界の張られた屋敷の探索となったら、もう少し人手は必要でしょう」

「……確かに」

ダイールさんの言うことはもっともだ。

「それでしたら当然私も行きます！」

さらに心強い味方として、俺たちの話が聞こえて駆けつけてきたレオニーさんも参戦表明。

——というわけで、屋敷の探索には俺とシルヴィア、そこにメイソンとダイールさんとレオニーさんを加えた五人で挑むこととなった。

あ、今回もマックは一緒だな。


昨日シルヴィアと歩いた山岳《さんがく》デートコースをたどり、再びあの怪しげな屋敷へやってきた。

「ボロボロではありますが、その点を差し引けば至って普通のお屋敷ですね」

「しかし……妙なオーラをまとっておりますな」

初めて屋敷を見たレオニーさんとダイールさんはそれぞれ感想を口にする。メイソンはその不気味な気配に押されてふたりの背後に隠れていた。

……まあ、メイソンのことはひとまず置いておくか。

気を取り直して、俺は屋敷の前に立つ。

そして、無属性魔法——結界魔法の《解除魔法》を発動させる。

修業したのは一日だけだが、それでも俺の魔力量はだいぶ上がった。

前回は失敗したこの魔法だが、今回は前のようにはいかないぞ。

「…………」

俺は目を閉じて、魔力を練る。

すると、それに反応したのか屋敷を取り囲む結界が姿を現した。

「す、凄い……」

「これほど見事なものはそう簡単にお目にかかれませんよ……」

「まったくですな」

「うわぁ……」

シルヴィア、レオニーさん、ダイールさん、メイソンの顔色が一変した。

それはそうだろう。

その結界はまるで要人を警護しているかのように頑強そうだったのだ。

「で、でも、ロイスさんは本当にあれを解除できるんですか？」

「見ていろ、メイソン――ロイスはやってくれるさ」

……シルヴィアに信頼されているようで何よりだ。

なら、その信頼に応《こた》えないとな。

「ふぅ……いくぞ！」

深呼吸を挟んでから、俺は解除魔法を発動させた。

「くっ……！」

結界が俺の魔法を排除しようと激しい抵抗を見せる。ふたつの魔法が正面からぶつかり合い、辺りにはその衝撃による横揺れが発生。

これ以上は危険かもしれないと思った次の瞬間――

パリン！

まるでガラスが割れるような音を立てて、結界は消滅した。

「や、やった！」

「やったな！　ロイス！」

思わず、俺はシルヴィアと抱き合って喜びを分かち合う――が、しばらくしてこの場にはダイールさんたちがいることを思い出し、パッと離れた。

「わ、我々の目はお気になさらず！」

「レオニー殿の言う通りですぞ。おふたりは両家公認の婚約者同士。誰にも遠慮することはありません」

「いや、ごめん、勘弁《かんべん》してください……」

レオニーさんの方は善意で言っているのだろうが、ダイールさんの方はからかう気満々といった感じ。

……まあ、もう一度気を取り直して。

俺たちは自由に出入りができるようになった屋敷へ足を踏み入れた。

その第一印象は――

「これはひどい……」

荒れ放題の室内を見て、思わず声が漏れた。

麓にあった、現在俺たちの家として使っている前領主の屋敷よりもずっと古い感じがする……いや、警備が厳重だったし、もしかしたらこっちの方が前領主の屋敷だった？

いずれにせよ、詳しく調査してみる必要がありそうだ。

「よし。屋敷の中を見て回ろう」

「そうですな」

俺の言葉にダイールさんが頷き、先頭で中へ入っていく。

「じゃ、じゃあ、僕は師匠と一緒に」

まずはダイールさんとメイソンの師弟《してい》コンビが入っていく。

「俺たちも続こう」

「ああ」

「はい！　ところどころ床に穴が開いているかもしれませんからお気をつけて」

それから、俺とシルヴィア、そしてレオニーさんが屋敷へと入っていき、いよいよ本格的な調査が始まる。

――っと。その前に、ひとつ忘れていた。

「マック、大人しく待っていてくれよ」

「メェ～」

愛羊《あいよう》のマックに声をかけ、ようやく準備完了。

果たして……何が待ち受けているやら。

怪しげな屋敷の正体を探る調査――それは、ため息から始まった。

「なかなか骨が折れそうだ……」

なぜなら、結界によって守られていたあの屋敷の内部はひどく荒れ果てていたのだ。これはちょっと想定以上かも。

ただボロいというだけでなく、物で溢《あふ》れかえっていたという点も進行を妨《さまた》げる要因となっていた。

「やれやれ、足の踏み場もないというのはこのことだな」

「あぁ。まったくだ――きゃっ⁉」

突然、シルヴィアが小さく悲鳴を上げると、俺の背中に抱き着く。不意打ちのように襲ってくる柔《やわ》らかな感触と急に濃くなったシルヴィアの匂いに動揺しまくりながらも、俺は何が起きたのかを尋ねた。

「ど、どどど、どうした⁉」

「す、すまない。背中にクモが……」

「あ、ああ、クモね」

虫とか苦手だったのかな。

……しかし、シルヴィアが離れない。

すでにクモはいなくなっているはずだが、背中にしがみついたままだった。

「「………」」

なんとも言えない空気が流れる。俺は俺で、引きはがすようなことはせず、くっついた状態のまま移動をしていくが――

「おふたりとも、メイソンがいることをお忘れじゃないですかな？」

「「!?」」

前を歩いていたダイールさんからの冷静すぎるツッコミが入って、ようやく俺たちは少し距離をとったのだった。

「先ほどはああ言いましたし、おふたりが仲睦《なかむつ》まじいのは領民である我らにとって大変喜ばしいことですが……あまり盛り上がりすぎぬようお願いします」

「「はい……」」

つまり、節度をもっていちゃつけということらしい。もっともだな。

……まあ、さすがに人目のあるところで露骨にやろうだなんて思わないけど。

気を取り直して、さらに屋敷の奥へ進んでいく。

すると、上の階へ進むための階段を発見した。

――だが。

「これ……上の階に行って大丈夫かな？」

「かなり足場が不安定だぞ……」

俺とシルヴィアはボロボロとなっている屋敷の現状を見て、ここを進んでいくのは非常に危険と判断……しかし、この上に何があるのか知りたいという好奇心があるのもまた事実であった。

その気持ちは俺たちだけではなかったらしい。

「私が行きましょう」

手を挙げたのはダイールさんだった。

「冒険者稼業が長かったおかげで、この手の場所は慣れっこです」

「では、私もお供します」

そう言ったのはダイールさんだ。レオニーさんは笑顔でその提案を受け入れる。

「頼りにしていますよ」

「さ、さすがは師匠！　それにレオニーさんも凄い度胸です！」

自ら危険な場所に飛び込んでいこうとするダイールさんとレオニーさんに対し、メイソンは尊敬のまなざしを向けていた。

「ふたりとも、無茶はしないでくださいね」

「心得ております。領主殿は引き続き一階の探索を」

「任せてください」

俺が力強く宣言すると、ダイールさんはニッコリと笑ってレオニーさんと一緒に階段へ向かう。

そして少しでも気を緩めれば崩壊してしまいそうな足場を、軽やかなステップで上って行った……

ダイールさんって、たぶん父上より年上なんだと思うけど、本当に身軽というか、身体能力が高いよなぁ。俺も見習わないと。

「シルヴィア、メイソン、俺たちはこのまま一階の探索を続けるぞ」

「あぁ」

「了解です！」

何が潜《ひそ》んでいるのか分からないため、俺たち三人は固まって屋敷内を探索することに。

やがて、他の部屋に比べて大きく、ベッドの置かれた部屋へとたどりついた。

「この屋敷の主《あるじ》の寝室か？」

そんな予想を立てながら部屋に入ると、壁にかけられている大きな絵画を発見する。そこには若くて美しい女性が描かれていた。その身なりから、おそらく彼女も貴族なのだろうと推測できる。

「綺麗な人だな、ロイス」

「ああ……」

……って、しまった。

そこは「シルヴィアの方が綺麗だよ」と気の利《き》いたセリフを言うべきだったか——いやいや、この場にはメイソンもいるんだから、言わないでよかったのかもしれないな。

などと考えていたら――

「………」

シルヴィアはその絵画に視線が釘付《くぎづ》けとなっていた。

「どうかしたのか、シルヴィア？」

「いや……もしかしたら、私はこの人を知っているかもしれない」

「えっ!?」

思わぬ言葉が飛びだした。

「どこかで見た記憶があるんだ……どこだったかな……」

必死に記憶の糸をたどって唸《うな》るシルヴィア。

しかし、シルヴィアの記憶にあるということは、この女性……彼女の実家であるラクロワ家の関係者である可能性が高いのか？

……いや、でもちょっと待てよ。

シルヴィアは俺と一緒に離れの屋敷で暮らしていた時期が長いから、仮にこの人と会っていたとしても、結構昔だな。

それに、確かこの領地――ジェロム地方は代々うちが所有権を持っていたはず。

「………」

一方、メイソンは何やら物憂《ものう》げな表情で絵画を見つめていた。

「どうした、メイソン。もしかして、君もこの絵の女性に心当たりが？」

「あっ、いえ、そういうわけじゃないんです……ただ」

「ただ？」

「この女性、なんだか悲しそうな顔をしているなって」

「えっ？　う、うーん……？」

メイソンの言葉を受け、改めて絵画をじっくり見てみる――と、確かにそんな感じがしてきた。

なんていうか、絵のタッチっていうのかな。まるで悲しい出来事があった直後に絵のモデルをして、その時の感情がつい表に出てきてしまったみたいな。

うまく表現できないけど、メイソンの言った通り、悲しげであるという点については俺も同感だ。

「ともかく、これだけ大きな絵が一番目立つ位置に飾られているということは、描かれている女性がこの屋敷の主か、あるいは、その人物と非常に深い関係にあったと見て間違いなさそうだな」

俺はそう言ったあと、もう少し女性に関する情報がないか、三人で部屋を詳しく調べてみることにした。

すると、ここである違和感を抱く。

「この部屋……他の部屋とちょっと違うな」

「そうだな……」

俺の言葉にシルヴィアが同意する。

違和感の原因は部屋の荒れ具合だった。

「ここはまだ比較的綺麗だな」

「うむ。荒れてはいるが……他の部屋ほどではない」

「ど、どういうことなんでしょうか……」

少し怯《おび》えた感じでメイソンが言う……たぶん、そうは言いつつもある程度の見当はついているのだろう。

「私たちがここを見つけて調査するよりも前に、この部屋へ何者かが侵入した可能性があるな」

「そして、その際に少し部屋を整頓《せいとん》した――と、俺は推察する」

「私も同じ意見だ」

ここでも息ピッタリの俺とシルヴィア。

「で、でも、なんのためにそんな……」

「なぜだろうなぁ……さすがにそこまではまだちょっと分からないけど」

ここからだとかなり距離はあるが、例の違法採掘の件もある。彼らの目的はあくまでも上質な魔鉱石の採掘であったようだが……もしかしたらそれにとどまらず、この霊峰ガンティアで何かを探して、ここを訪れたとか？

「……また、妙なトラブルが起きなければいいけどな」

「どうする？　マーシャル兄さんに報告するか？」

乾いた笑みを浮かべる俺を心配して、シルヴィアがそう提案する。

しかし、俺はそうすべきでないと考えていた。

「いや……今の段階だと不透明な部分が多すぎる。もう少し事態を把握してからでも遅くはないだろう」

下手に不安材料を示し、マーシャルさんの心労を増やすわけにはいかない。ただでさえ、今はあの違法採掘の黒幕を追って多忙のはず。そもそも、今までの話はすべて仮説であり、なんの確証もないのだから。

「ともかく、もう少しこの辺りの探索を――」

「領主殿ぉ!!」

突然、大きな叫び声がした。

二階を調査しているダイールさんだ。

「ロイス！」

「ああ！　階段へ急ごう！」

俺たちは一旦《いったん》その部屋をあとにし、ダイールさんのもとを目指して階段へと向かった。二階にはレオニーさんもいるはずだが、彼女の声は聞こえない。それがまた、不安を増幅させた。

「床に気をつけろ！　焦《あせ》って踏み抜かないようにな！」

シルヴィアやメイソンに注意を促《うなが》しつつ、俺も前進していく。

ふたりと別れた階段のところまで来ると、ダイールさんがいた。

——だが、俺たちはその姿にギョッとする。

「ダイールさん!?」

「ロ、ロイス様……」

最初に声を上げたのは、ダイールさんに寄り添っているレオニーさんだった。いつもの彼女らしくない、弱々しい声とまなざし。

それもそのはず。

なんと、彼はひどく負傷しており、左肩からはおびただしい量の出血が。

「ぐぅ……領主殿……申し訳ありません……不覚を取りました」

「それ以上喋《しゃべ》らないで！」

俺はダイールさんに駆け寄ると、すぐさま治癒《ちゆ》魔法を施《ほどこ》す。

ひどいケガではあったが応急的な処置はすることができた。

「ありがとうございます、領主殿。おかげで助かりました」

「いえいえ。ところで、二階で何があったんですか？」

「まさか、モンスターか！」

「えっ!?」

シルヴィアの言葉に動揺し、体が固まるメイソン。モンスターの恐ろしさは、きっと両親から聞いているのだろう。

だが、ダイールさんはすぐさまそれを否定した。

「いえ、モンスターではありませんでした……しかし」

「しかし？」

「なんというか……その……人間によく似た姿をしていましたね」

「人間に？」

気になったのはダイールさんの表現だ。

人間によく似た――つまり、自身を襲ったのが人間でないことは分かっているのだ。だが、実際にどのような生物であったのか、その見当はつかないらしい。

常人離れしたスピードで部屋中を移動するその生物に翻弄《ほんろう》されたダイールさんは、鋭《するど》い爪《つめ》で肩を裂《さ》かれ、ケガを負《お》ったとのことだった。

ちなみに、そいつはダイールさんが叫《さけ》んだ直後、開け放たれた窓から外へ逃げていったそうだ。

危害を加えるような生物が近くにいるとするなら、領主として何かしらの対応をしなければならないだろう。

それにしても、冒険者としての実績が豊富なダイールさんを相手に、不意をついたとはいえここまで負傷させる……只者《ただもの》じゃないぞ。

おまけに正体不明ってことなら、いろいろとプランを変更しなければならないか。

「……事態の詳細が把握できるまで、ここに転移用の魔法陣を展開するのは難しそうだな」

「ああ、それを利用して麓の私たちのところまで来られたら……」

敵の持つ力は未知数。

魔法を一切使えないとは断言できないし、そもそも相手がひとりとは限らない。ダイールさんを襲ったのは集団の一部で、もしかしたら他にも仲間がいた可能性だって否定しきれないのだ。

……考えただけでゾッとするな。

麓の村には俺たちだけでなく、エイーダやテスラさんもいるんだ。

みんなの安全を確保するためにも転移魔法陣は設置せず、調査を中断して戻った方がいいのかもしれない。

「仕方ない……ここは戻ろう」

ダイールさんの本格的な治療を優先させるため、俺はそう決断する。

ここへは、またいつでも戻ってこられる。屋敷が自分で立ち上がって逃げだすわけじゃないんだし、万全の状態に戻ってから改めて調査をするとしよう。

「も、申し訳ありません、領主殿……」

「いいから。気にしないでください」

俺は謝罪するダイールさんへそう声をかけた。

正体不明の屋敷。

残された絵画の女性とダイールさんを襲った存在。

霊峰ガンティア。

ジェロム地方。

……やはり、ここにはまだまだ多くの謎が眠っている。せっかく村が完全体になろうとしている時に、割と近場にあるこの場所で起きた事件は今後の領地運営に大きな影響を及ぼしかねない。

それを痛感させられる出来事だった。

「…………」

「ロイス？」

「いや……なんでもないよ、シルヴィア」

ダイールさんに肩を貸し、マックの待つ屋敷の外へ向かって歩き始めた。

今回の件を通して、俺はある決断を下した。

――一度、実家へ戻ろう。

十中八九門前払いを食らうだろうが、ダメ元でここの情報をもらえるように交渉しようと思う。

そうすれば、ダイールさんを襲った犯人についても何か分かるかもしれない。

気は進まないけど……やるしかないよな。

正体不明の屋敷から戻ったあと。

俺は自室で家から持ってきた霊峰ガンティアに関する資料を読み漁《あさ》っていた。

「ダメだぁ……」

投げやりに呟《つぶや》き、ベッドへ横になる。実家に戻る前に、手元にある書物に何かしらヒントにでもなりそうな記述はないか探してみたのだが……これが見事に空振り。それらしい情報を見つけることはできなかった。

「さすがのロイスでもお手上げか」

「ヒントが少なすぎるんだよぉ……」

もう同じ部屋にいるのが当たり前になってきたシルヴィアへそう返す。その少ないヒントを補うために実家へ向かおうとしていたのだが……

だが、その日の夕食時。テスラさんから思わぬ情報をキャッチした。

「そういえば、ロイス様」

「何？」

「現在、奥様は鉄道都市バーロンに滞在していると思われます」

「え!?　母上が!?」

『はい。奥様のご実家がバーロンにありまして、そこに身を寄せていると小耳に挟んだのです』

……テスラさんはすっとぼけた感じで言っていたけど、きっと例の屋敷での話をレオニーさんなどから聞き、そこでなんとなく俺が実家へ赴《おもむ》こうとしていることを悟って、あんなことを言ったのだろう。

さすがは長い付き合いのあるテスラさんだな。

頼りになる人だ。

しかし、バーロンか。

俺の母――イローナ・アインレットが滞在しているとされるその都市は、東西南北の拡大都市につながる魔導列車のターミナルがある場所。このことから、バーロンは別名「鉄道都市」とも呼ばれている。

実は、前々から一度訪れてみたいと思っていた町でもあった。

かなり規模は大きいみたいだし、何より鉄道という響きに惹《ひ》かれる。別にマニアというわけじゃないが、一体どのような物なのか……ちょっとワクワクしてくるな。

「なんだか嬉しそうだな、ロイス」

「えっ？　そ、そんなことはないよ」

夕食を終えて自室に戻ってきたあと、シルヴィアからの追及を俺は笑って誤魔化《ごまか》した。

最近はこうして寝る直前まで俺の部屋で過ごすのが当たり前になったな。

それはそれとして。

「ふーん……」

納得いっていないといった様子のシルヴィア。テスラさんとほぼ同じくらい、一緒に暮らしてきたからなぁ……あの程度の嘘はあっさりと見破ってくるか。

「ロイスが私に隠し事をするなんて……」

「い、いや、隠し事なんて！」

「だが、何もないというのは嘘だろう？」

「ぐっ!?」

ま、まさか、そういう方向性で攻めてくるとは思わなかった。

シルヴィアのことだから「ロイスが何と言おうと私は地の果てまでもついていく！」という感じで迫《せま》ってくると思ったら……シルヴィアめ。俺の攻略方法を見出《みいだ》しつつあるな。

「……分かったよ。降参だ」

俺はシルヴィアへ事情を説明する。

あの屋敷の謎を探るため、俺は実家へ戻ろうとした——が、実家ではまず間違いなく父に門前払いを食らうだろう。そのため、まだ可能性がありそうな母上との接触を試みるため、バーロンへ向かおうと考えている。

それを、包み隠さずシルヴィアへ伝えた。

「イローナ様に……」

シルヴィアの表情が強張《こわば》る。

まあ、シルヴィアにとっては姑《しゅうとめ》になるわけだからな。そもそも、ほとんど会話をしたことないだろうし……そういう俺も、親子という関係でありながら、あまり母上と話したことはなかった。

自分の母にこう言うのはおかしいかもしれないが、家庭内での存在感が本当に希薄だった。

……正直、協力をしてくれるかどうか分からない。

大体、俺のことをどう思っているかさえ把握しきれていないのだ。

けど、ひとりでいる今がチャンス。せめて、あの屋敷に関する情報だけでも、母上から聞きだせるようにしたい。

となると母上に会いに行く際、俺たちだけでは心もとない。

「……テスラさんにも同行をお願いしよう」

俺の教育係となる前は、母上専属のメイドだったというテスラさんが一緒に来てくれたら、少しは事態が好転するかもしれない。

藁《わら》をもつかむ淡い期待だが、何もしないよりはマシだ。

早速、明日の朝にでもお願いしてみようかな。

◇◇◇

次の日の朝食時。

俺は早速テスラさんへバーロンへの同行を願いでる。

「お安いご用ですよ」

これまで、メイドとしての仕事がありつつも俺たちと一緒に旅をしたがっていたテスラさんは、ふたつ返事で了承してくれた。

「ただ、私なんかでよろしいのですか？」

「むしろテスラさんが適任だと思うんだけどなぁ」

「……分かりました。お供します」

「そうこなくっちゃ！」

こうして、バーロンへはテスラさんも一緒に向かうこととなった。頼もしい存在がついてきてくれるとあって、思わず声も弾《はず》むよ。

余談だが、ダイールさんとレオニーさんは別行動を取ってもらうことにした。

その主な任務は、ムデル族の集落近くにあるダンジョンの調査だ。魔鉱石の違法採掘に携《たずさ》わっていた残党がいないとも限らないし、用心するに越したことはないだろう。

「それではエイーダさん、お留守番をお願いします」

「任せて！」

出発前にテスラさんがエイーダへ今後の予定を説明したあと、マックの引く荷台に乗ってバーロンを目指すことに。

そのルートだが、まずは都市アスコサへと向かう。そこには魔導列車の駅があり、そこでバーロン行きの便に乗り込む手筈《てはず》となっていた。

ちなみに、マックは貨物扱いで列車に乗る。およそ一時間で到着予定らしいので、マックにはそれまで大人しくしていてもらおう。

「一体どんな場所なんだろうなぁ、バーロンって」

「アスコサとは比べ物にならない大都市です」

御者《ぎょしゃ》を務めるテスラさんが俺にそう言った。

「そ、それほどの規模とは……」

驚いていると、シルヴィアが尋ねてくる。

「ロイスはバーロンへ行ったことがないのか？」

「残念ながら、一度もね。そういうシルヴィアは？」

「私もない」

「でしたら、バーロンへ到着したあとは中央公園にある天使像をご覧になってはいかがでしょうか？」

「『天使像？』」

なんでまた……何か、言い伝えでもあるのかな？

「その天使像の前で祈りを捧《ささ》げた夫婦は子宝に恵まれると言われていますので」

「「こっ!?」」

思わぬ言葉に、俺とシルヴィアは飛び上がるほど驚く。

「そ、それはいくらなんでも早いよ！」

「ロ、ロイスの言う通りだ！」

「えっ？　ですが、最近おふたりはよく寝る直前まで同じ部屋にいますよね？」

「そ、それは……」

「私はてっきりすでに週三くらいのペースで励まれているのかと……」

「「違う!!」」

声を揃えて否定するが、「それはそれは」とテスラさんはニコニコ笑い、「ちなみに、先ほどの子宝の天使像は本当にあるので立ち寄ってみてはいかがでしょう？」と続けた。

くっ……またからかわれてしまったか。

――それにしても。

「テスラさんって、バーロンに詳しいんですね」

「そういえば……もしかして、行ったことがあるのか？」

「えっ!?」

俺たちからの質問に、今度はテスラさんが驚いたような声を出す。

これは意外な反応だ。

まるで、聞かれたくなかったような……

「……以前、奥様のお供として行ったことがあるんです。奥様は毎年決まった時期にバーロンを訪れますので」

「そうだったのか」

「………」

シルヴィアは納得したようだが、俺としては逆に謎が深まった。

厳密に言うとテスラさんのことではなく——母上のことだ。

テスラさんの言葉を聞いて思い出したことがある。

それは、アインレットの屋敷にいた頃、母上が決まった時期になると数日間にわたって家を空けていたこと。

鉄道都市バーロン。

母上とテスラさん。

そして、霊峰ガンティアで見つけたあの謎の廃屋とダイールさんを襲った存在。

多くの謎を解くカギは——この先で待っている気がする。

都市アスコサの魔導列車駅。

ここは町のど真ん中にあって、いつも人でごった返していた。

前世の記憶がある俺にとって、鉄道というものは見慣れたものである。

しかし、ここの列車はまるで記憶とは別物のように映った。

敷かれたレールの上を鉄の塊《かたまり》が移動する——そうした基本構造は同じだが、列車から蒸気が出ている様子はなかった。おそらく魔鉱石などの特殊なアイテムが使用されているのだろう。

今は時間がないから眺めることしかできないけど、余裕ができたら詳しい構造や歴史なんかも知りたいな。

とりあえず、鉄道に詳しいテスラさんが諸々の手続きをするために受付へ。

その間、俺たちはそわそわしているマックを落ち着かせつつ駅の様子を眺めていた。

……とはいえ、マックはデカいので周囲からの視線が痛い。悪く思われていなければいいのだけれど。

「メェ〜……」

俺が不安そうにしているのが伝わったのか、マックが鼻先で俺の腕を押す。

「ど、どうかしたのか？」

尋ねてみても、元気なく俯《うつむ》いてばかりで何を訴えているのかよく分からなかった——ひょっとして、俺に元気がないのは自分が原因と思っているのか？

「マックはいつも通りでいいんだよ」

そう語りながら、俺はマックの頭を撫《な》でる。

こちらの想いは伝わったようで、マックは気持ちよさそうに撫でられつつ「メェ～」と上機嫌に鳴く。

するとそこへようやくテスラさんが帰ってきた。

「遅くなって申し訳ありません」

「そんなことないですよ。俺やシルヴィアだけじゃどうにもできませんし――それより、手続きの方はどうでしたか？」

「問題なく進みましたが、乗車の前にもう少々お時間をいただきます」

「他に何かあったんですか？」

「マックを預けてきます。さすがに、客車には乗せられませんから」

あぁ、貨物扱いって言ってたもんな……頼りになるだけでなく癒《いや》し効果のあるマックのもふもふボディだが、そもそもドアから車内へ入ることすら不可能だろう。

「なるほど。それなら俺たちも一緒に行きますよ」

「うむ。マックが最後まで寂しくないように――だろう？」

「その通り」

さすがはシルヴィア。よく分かっている。

しかし、ほんのちょっとのお別れとはいえ、なんだか寂しいな。

俺たちは一緒になってマックを専用車両――貨物室――へ送り届け、それから自分たちも乗り込もうとした――のだが。

「お待ちください、ロイス様、シルヴィア様」

突然、テスラさんに呼びとめられる。

「どうかしたんですか？」

「鉄道での旅となると……欠かせないものがあります」

「か、欠かせないもの？」

「駅で売られているお弁当を食べるのが通の楽しみ方です」

「そ、そうなんだ……」

確かに、出発予定時間から到着時間を予想するとお昼過ぎになるだろうから、移動中に食べておけるならありがたい。

それに、俺の前世の世界でも、駅弁は電車旅での醍醐味《だいごみ》のひとつとして定着していた。実際にやった経験はないが、憧れ自体はあったんだよなぁ。まさか、ここでその夢が叶うとは思ってもみなかったけど。

アスコサで売られている弁当は、この土地の特産品を挟んだサンドウィッチだった。これならお手軽に食べられるし、ボリュームもある。おまけに、走る列車の窓から景色を眺めながら食事ができる……これもまた、特別な気分にさせてくれるいい演出だ。

やがて列車がゆっくりと動きだす。

俺とシルヴィアは景色と食事を楽しんでいたが、テスラさんはどうも違うようだ。

なぜだかうっとりした様子で車内を眺めている。

「テスラさん？　どうかしたんですか？」

「いえ……外観の夜空を流れる流星のごとき美しいラインも見事ですが、車内のデザインも秀逸《しゅういつ》で素晴らしい……死ぬまで眺めていられますね」

「へ、へぇ～……」

相変わらず表情の変化はほとんどないのだが、高揚《こうよう》しているのは手に取るように分かった。

テスラさんは鉄道ファンであるということが発覚。長年一緒にいるけど、まさかの新事実だったな。


それから約一時間後。

ついに俺たちは鉄道都市バーロンに到着した。

俺がかつていた世界の大都市に匹敵《ひってき》する巨大ターミナル駅。アスコサの駅も大きくて驚いたが、バーロンはその比ではない。駅の中央から八方位にレールが延《の》びており、環境が特別厳しい地域を除いたすべての都市へつながっているという。

さらに、凄いのは駅だけではない。

「「おぉ～」」

駅から出て、都市の様子を目の当《ま》たりにした俺とシルヴィアの声はしっかり揃った。どうやら同じ感想を持ったのだろう。

「す、凄いな、ロイス」

「あぁ……こんな光景は見たことがない」

嘘偽《うそいつわ》りのない本心だった。

町の規模はアスコサ以上で、まさに大都市と呼ぶに相応《ふさわ》しい。

人や物を運ぶのに鉄道は便利だからな。その鉄道のターミナル駅周辺ともなれば、自然と人も増える。人が増えれば、それを対象とした店や宿ができる。やがてその一帯は大都市になるってわけだ。

この町に、母上が来ているらしい。

滞在先はおそらくバーロン郊外にあるというアインレット家の別荘だろう。

マックと合流し、俺たちはバーロンの中央通りを進んでいく。これだけ大きな町の通りなら、マックのサイズもまったく気にならない。なんだったら、もっと大きな動物を運搬《うんぱん》役にしている者もいる。

多種多様な種族が混在するこのバーロンは、今まで訪れたどの町とも雰囲気が似ていない場所だ。

「ここも随分《ずいぶん》と変わりましたね」

みんなで歩いていると、ふとテスラさんがそう漏らす。

「昔から大都市だったんじゃないんですか？」

「ええ。今でこそ立派な町となりましたが……今から十数年前までは、ここら一帯に闇市場《やみいちば》が広がっていたのです」

「えっ？　それは意外ですね」

「私も初めて聞いた……」

らしくない――と言っては失礼ではあるが、とにかくいつもはあまり見せない物憂げな雰囲気を出すテスラさん。

それにしても……闇市場、か。

奴隷《どれい》や禁忌《きんき》魔法書物など、非合法な売買が行われている場所である。

今では法が厳しくなり、そうした裏稼業はリスクが大きいということでほとんどなくなったと言われているが……

華《はな》やかに見えるこの町にも、そうした暗い過去があったなんて信じられないな。

「では、早速イローナ様の別荘に向かい、アポをとってきます」

テスラさんが言った。列車内で話をして、まずはテスラさんが別荘へ行く手筈になったのだ。

「じゃあ、俺たちは宿の手配をしておくよ」

「その心配はいりませんよ」

「へっ？」

そうは言うが……母上が俺を同じ家に泊めるかな。

それに別荘といっても、アインレット家のものじゃなくて、母上の実家が所有している屋敷なわけだし。

だが、テスラさんはやたら自信満々に念を押す。

「大丈夫です。夕方になる前には戻りますので、あの時計台の下で落ち合いましょう。それまで、おふたりは観光をお楽しみください」

そう言ってテスラさんは、母上がいる別荘へ歩きだした。

一方、残された俺たちは……

「な、なあ、ロイス」

「うん？」

「行ってみないか？」

「行くって……どこへ？」

「ほ、ほら、さっきテスラさんが言っていた……」

「あっ」

どうやら、シルヴィアは祈りを捧げると子宝に恵まれる天使像があるって公園に行きたいらしい。

……まあ、俺たちの将来を考えた時、確かに子どもはできた方がいい。それに至る行為については――まだまだ挑むのは遠い先の話だろうが。
ともかく、シルヴィアの希望を優先し、俺たちは中央公園を目指した。

アダム中央記念公園。

町の案内看板を頼りにやってきたこの公園だが……結構広いし、人も多い。

公園の名前になっているアダムというのは、このバーロンの町を闇市場の広がるダークな場所から鉄道都市へと変えた人物で、初代町長らしい。バーロンという町の名前も、彼の愛犬からとられている。

――と、入り口近くの石碑《せきひ》に刻み込まれていた。

「このアダムっていう人はバーロンに住む人たちにとっては英雄に等しい存在のようだね」

「うむ。見習いたいものだ」

腕を組んで何度も頷くシルヴィア。

強い正義感と高い戦闘力を持ったシルヴィアなら、そのうち本当の英雄になれそうな気もするけど。

「それじゃあ早速天使像へ行くか。マック、周りには小さい子どももいるみたいだから、気をつけるんだぞ」

「メェ～」

マックの完璧《かんぺき》なもふもふぶりを見て、子どもたちが突然抱きついてくるというケースも想定できる。

まあ、マックは大人しいし、突然暴れだすなんてことはないだろうから問題ないとは思うけど。

その時、俺たちは天使像近くで親子連れとすれ違った。

両親はだいぶ若いな……子どもはまだ母親にだっこされている赤ちゃんだ。

ここでお祈りを捧げ、無事に子どもが生まれてきたからそのお礼を言いに来たってところか。

いつか、俺とシルヴィアもそうなったらいいな。

「どうかしたか、ロイス」

「なんでもないよ。さあ、行こうか」

俺はシルヴィアの手を取り、公園中央にある天使像に向かった。

「これが噂の……」

訪れた者を穏やかな表情で迎える天使像を前にし、俺とシルヴィアは目を閉じて両手を握り合わせる。マックも、俺たちが何をしているかまでは理解していないだろうけど、何か大事なことをしていると感じ取ったのか、マネをして目を閉じ、ジッとしていた。

……もし、将来俺たちの間に子どもができたら……さっきの夫婦みたいに報告をしに来ないといけないな。

天使像へ祈りを捧げた俺たちは、テスラさんとの待ち合わせ時間が来るまで、バーロンの町を見て回ることにした。

町の雰囲気は、かつて闇市場が広がっていたとはとても思えないほど活気があり、華やかなものだった。

「闇市場がはびこる場所だった頃から、わずか十数年でここまでになるか……」

当時はまともな住人なんていなかったろうに……今では親子連れや行商人でとても賑《にぎ》わっている。

領主として、この手腕は是非とも見習いたいものだ。

……だが、俺はこの偉業を成し遂げたアダムという人物を詳しく知らない。

あとでテスラさんに聞いてみようと思った――その時。

「うん？」

町のシンボルとも言える巨大な鉄道ターミナル。

そのすぐ近くに銅像があった。

カイゼル髭《ひげ》に片眼鏡をした老紳士……もしかしたら、この人がバーロンを生まれ変わらせた張本人なのか？

俺はシルヴィアに声をかけて銅像に近づく。

すると、足元にこの人物が何者であるか、その説明書きが彫《ほ》られていた。

それによると、この人の名前はアダム・カルーゾといって、俺がにらんだ通り、この町を闇市場から現在の鉄道都市に生まれ変わらせた張本人だった。なんでも、元々は商人だったが、その時の功績が認められ、爵位《しゃくい》を授かって貴族となったらしい。

そこからは、長々とアダム・カルーゾがどのようにしてこの町をつくったのか、そのエピソードが語られているのだが……

「……カルーゾ？」

俺はその名に聞き覚えがあった。

あれは確か……まだアインレット家の屋敷にいた頃だ。

どういう経緯だったかなぁ。

「ロイス？　難しそうな顔をしてどうした？」

「あぁ、いや……ここに書かれている、アダム・カルーゾって人の名前をどこかで聞いたような気がしてさ。シルヴィアは何か心当たりないか？」

「えっ？　うーん……すまない。何も思い浮かばない」

「い、いいんだよ、そんなに項垂《うなだ》れなくても。俺の気のせいかもしれないし」

相変わらず真面目でいい子だなぁ、シルヴィアは。

「……でも、やっぱりこの名前には聞き覚えがあるんだよなぁ」

「思い出せないのも仕方ありません。アダム様とお会いになったのは、まだ私がメイドになる前で、ロイス様が三歳くらいの頃だったと聞きましたから」

「なるほど。それで――って、うわっ⁉」

自然な流れで会話に入り込んでいるテスラさん。

驚いて少し間があいたけど……今、なんかとんでもないこと言ってなかった？

「テ、テスラさん……」

「なんでしょう？」

「俺は……この銅像の人物に会ったことがあるって言ったよね？」

「はい。もしかして、聞いていませんでしたか？」

「あ、あぁ」

聞くも何も……家族とは小さな頃から無属性魔法の影響でギクシャクしっぱなしの関係だったし。

でも、小さい時に会ったってことは、カルーゾという人物は父上か母上の知り合いってことになる。

この場合は、間違いなく母上だろうな。

テスラさんは続けて言う。

「闇市場を一掃して健全な町づくりを始め、ついには貴族の爵位を得たアダム・カルーゾ様というのは——イローナ様のお父上です」

「「えっ？」」

少し間をおいてから——

「「えええええええええええええええええっ⁉」」

俺たちは揃って大絶叫。

——って、ちょっと待て！

母上の父ということは……そのアダム・カルーゾって人物は俺にとっては祖父にあたるじゃないか！

「俺の……祖父……」

悪名《あくみょう》高い闇市場だったバーロンを、現在の鉄道都市に変えた商人——アダム・カルーゾ。

彼が……俺の母親であるイローナ・アインレットの父だって？

「ご存じありませんでしたか？」

「あ、あぁ……」

俺は半《なか》ば放心状態となっていた。

テスラさんの話では、アダム・カルーゾ——いや、祖父は、俺が生まれてからも何度かアインレット家を訪問したことがあるらしい。

「そ、そうだったのか……」

「ロイス……」

思わぬ形で衝撃の事実を知ったから、驚いてしまった。

……ただまぁ、別に、祖父がそういう人だからと言って、何かが劇的に変わるわけじゃない。

最初は動揺したけど、しっかりしなくてはと気持ちを切り替えた。

「……俺の祖父は、凄い人だったんですね」

「かつて、この町はいくつもの闇組織がはびこっていました。それらの組織をアダム様は商売で築き上げたコネクションを駆使して撤退させ、クリーンな町にしたのです。さらに王国の鉄道事業に参加して、完璧に仕事をこなして短期間で町をここまで発展させましたからね。そんなことができるのは、やはりアダム様だけでしょう」

そう語るテスラさんの表情は……なんだか嬉しそうに見えた。

「テスラさんは……祖父と面識が？」

「ありますよ——この町で」

直後、テスラさんはある一点を見つめた。

それは、町の中心を流れる川にかかる橋だった。

「あの橋の下で、初めてお会いしましたね」

「橋の下？」

「以前、私はあそこに住んでいたんです」

「「えっ⁉」」

俺とシルヴィアは思わず顔を見合わせた。

だって、橋の下に住んでいたってことは……つまり……

「——かつて、この町には多くの奴隷商がいました」

俺たちが固まっていると、まるでそれを解《ほぐ》そうとするように、テスラさんはゆっくりと語り始めた。

「私は元々隣国《りんごく》の孤児院で生まれ育ったのですが、ある日そこへ野盗《やとう》が押し入り、シスターたちを殺害したあとで子どもたちをさらっていったんです」

「「!?」」

その事件は俺も聞いたことがある。

ほんの十数年前に起きた出来事。

本当に、つい最近のことなのだ。

「男は働き手として、女は奴隷として、それぞれ売られていきました」

「ま、まさか……テスラさんも？」

「……様々な幸運があって、私は間一髪《かんいっぱつ》のところでなんとか逃げることができ、この橋の下でひっそりと暮らしていたんです。といっても、まだ小さかった私に生きる術《すべ》などはなく、いつもお腹を空かせていました」

「それを助けてくれたのが……？」

シルヴィアの言葉に、テスラさんは黙って頷いた。

「本当に突然でした。町に大勢の武装した騎士たちが流れ込み、非合法な商売をしていた者たちを一斉に取り締まったのです」

「……マーシャル兄さんから聞いたことがある。十数年前に法改正があって、多くの悪党たちが捕まった、と。そのきっかけはひとりの商人の訴えと聞いていたが……」

それが、俺の祖父——アダム・カルーゾだったわけか。

「その後、私は保護され、アダム様のお仕事を手伝うようになりました。あの方が爵位を得て貴族となったあとは、ご令嬢であるイローナ様の専属メイドになったのです」

「テスラさんにそんな過去があったなんて……でも、今はどうして俺のところに？」

話の流れを聞くに、テスラさんは母上の専属メイドとして勤め上げそうなものだけど……どうして息子である俺の方へ来ることになったんだ？

「それがイローナ様の願いでしたから」

「母上の？」

「それ以上のことは直接お会いになってみるのがよろしいかと」

「っ！　そ、それって……」

テスラさんは俺の方へ顔を向けると、ニッコリ微笑《ほほえ》んだ。

「参りましょう——イローナ様がお待ちです」

俺とシルヴィアはテスラさんの案内で、母上の実家へ馬車で向かった。

すでに祖父アダム・カルーゾは他界しており、その妻——俺にとっては祖母にあたるミーシャ・

カルーゾもこの世にはいないという。

となると、母上が滞在しているという屋敷には、普段は誰も住んでないってことかな？

そんなことを考えているうちに、俺たちを乗せた馬車は町の中心から少し外れた場所へとやってくる。

この辺りまで来ると、喧噪《けんそう》はなく、ターミナル駅やその近くにある大きな時計台が遠めに見える。のんびりとした時間が流れていて、どこかホッと落ち着く雰囲気だった。

「いいところですね、ここは」

「えぇ。イローナ様も大変気に入られています」

馬車の窓から見える景色。

そうか。

母上はこういう雰囲気が好きなのか。

……なんとなく、この辺りの空気はジェロム地方と似た感じがするので、もしかしたら気に入るかもしれないな。

ふと、そんなことを思う。

しかし……母上は俺のことをどう思っているのか、それが分からないんだよな。

父上と兄と姉からは毛嫌いされた俺の無属性魔法。

思えば、この三人からはいろいろ言われたが、母上から特に何か言われたという記憶がない。母上は控《ひか》え目な人で、常に父上の後ろを歩くタイプだった。

ただ、やはり俺のことを疎《うと》ましく思っていて、敬遠している――それが、俺の抱く母上へのイメージだった。

親子でありながら、関係性が希薄。

そんな母上とこうして顔を合わせる――その目的は、新しく発見したあのボロ屋敷についての情報を得るためだ。

肖像画の女性は何者なのか。

そして、ダイールさんを襲った謎の生き物について何かを知っていないか。

焦点《しょうてん》は主にそのふたつだ。

話す内容を頭の中でまとめ終えると、馬車は小川にかかる小さな橋を渡り終えた。その先にある屋敷こそ、母上の待つカルーゾ家の屋敷だ。

「まもなく到着しますよ」

「あ、あぁ」

「……大丈夫か、ロイス」

アインレット家における俺の扱いを直《じか》に見てきたシルヴィアは、母上との再会に対して俺が極度の緊張状態にあるのではないかと心配したようで、不安げな表情を浮かべながらそう尋ねてきた。

「平気だよ。ありがとう、シルヴィア」

俺はニッコリ笑ってそう言ったが……

もちろん、めちゃくちゃ緊張している。

家族に——自分の母に会うだけだというのに、ここまで緊張するのもおかしな話だけどな。

だが、アインレット家における俺の立場を思い出すと、どうしてもこういう気持ちになってしまう。


とうとう屋敷の前に到着した。

馬車から降りて屋敷の玄関に向かうと、三人の女性が待っていた。

左右に立つふたりは、格好からしてこの屋敷で働くメイドだろう。

そして、真ん中で腕を組みながら立つ女性は……知らない人だ。

年齢は三十歳くらいか。

蜂蜜《はちみつ》色の長い髪をポニーテールでまとめた美人。

……見覚えはないんだけど、誰かに似ているような？

「よく来たわね、ロイス」

その女性は親しげに話しかけてくれたが、俺としては困惑しっぱなしだ。

「あれ？　私のこと、覚えていない？」

「テレイザ様と最後にお会いした時、ロイス様は三歳でしたからね」

「あら？　そんな前だったかしら？」

どうやら、テスラさんはこの人を知っているらしい。

「だったら、改めて自己紹介をしましょうか。私はテレイザ・カルーゾ。このバーロンの町長よ」

「えっ？　ちょ、町長？」

それにも驚いたが、もっと気になったのはカルーゾという名。

おそらく、アダム・カルーゾの血縁者なのだろうが……ひょっとして。

「あなたの母親のイローナは私の姉なのよ」

やっぱり。

つまりこのテレイザさんは――俺の叔母《おば》に当たる人だった。

「あの時の坊やがこんな立派に成長するなんてねぇ……」

テレイザさんは目を細めながら俺をジッと見つめたと思ったら、ガバッとハグをしてくる。

いきなりのことだったので俺は驚きのあまり言葉を発せず、硬直してしまった。

「なぁっ!?」

それを見たシルヴィアも、そんな悲鳴を上げてフリーズ。叔母と甥《おい》という関係なのだから問題ないとはいえ、彼女もかなり驚いたようだった。

「テレイザ様、ロイス様はまだそのような行為に慣れていませんので」

「えっ？　そうなの？　こんなに可愛い婚約者がいるのに？」

「清《きよ》い交際を続けているのですよ」

「それは悪いことをしたわね」

テスラさんから忠告を受けたテレイザさんはパッと俺から体を離す。

……なんていうか、自由奔放《ほんぽう》な人だというのが、テレイザさんに対する第一印象だった。

ただし、嫌味のある自由さではない。天真爛漫《らんまん》って感じかな。

しかし、あの大人しい母上の妹とは思えない。

「立ち話もなんだから、入って。イローナ姉さんも待っているわ」

「あ、は、はい」

テレイザさんに招き入れられる形で、俺たちは屋敷へ足を踏み入れる。

まず目についたのは内装。装飾やら調度品にそれほど派手さは感じないが、素人《しろうと》目にもセンスがよく、品のいい物が並んでいる。それほど高価じゃないけど、見せ方で高級感を演出しているって感じだ。

廊下を進んでいくと、やがてとある部屋の前でテレイザさんの足が止まった。そして、扉をノックする。

「姉さん、入るわよ」

彼女はそう声をかけてから扉を開けた。

なんのためらいもなく入っていったテレイザさんのあとを追い、俺とシルヴィア、そしてテスラさんも続く。

部屋の中にいたのは――

「久しぶりですね、ロイス。それにシルヴィアも」

母上だった。

「はい。お久しぶりです」

「あっ、お、お久しぶりです……」

いつもと変わらぬキリッとした態度で返したシルヴィアに対し、俺はどこかよそよそしい返事をしてしまった。

だって……こうして面と向かって言葉を交わすのなんていつ以来だろう、って思い出せないくらい長い間会ってなかったからな。

いつもの母上は父上とばかり話をしている印象だったし、特に住む場所が離れてからは顔を合わせる機会すらほとんどなかった。

だからなのか……なかなか言葉が出てこない。

話したいことはいっぱいあるのに、第一声をどうするか――そんなどうでもいいことで躓《つまず》いていた。

その時。

「今日はイローナ様にお聞きしたいことがあって来ました」

シルヴィアが一歩前に出てそう切り出す。

それからこちらを振り返って、俺にウィンクをした。

シルヴィアは……俺に話すきっかけを作ってくれたのだ。

未来の妻であるシルヴィアにお膳立《ぜんだ》てしてもらったんだ。

尻込みしたままでは終われない。

「母上、本日は霊峰ガンティアにある屋敷について、知っていることを教えてもらいたいのです」

「霊峰ガンティアの屋敷？」

母上の表情が変わった。

あまり語りたくないって雰囲気を醸《かも》しだしている。

だけど、ジェロム地方を治める領主として、あの屋敷を中心に起きている事件の真相を確かめるためにも、詳しい情報を集めることは必要だった。それに、例の違法採掘事件についても何か分かるかもしれない。

そうした思いとともに、俺は母上にここに来たいきさつを話す。

そして母上からの返事を待っていると……

「……分かりました。話しましょう」

俺とシルヴィアが一歩も引きそうにないことを察したのか、母上はため息をつきながらも情報を提供することに決めてくれたようだ。

「それなら、少し場所を変えましょうか」

いよいよ情報が聞けるというところで、テレイザさんがそう提案する。

俺としてはこのままでもよかったのだが、どうやらその話をするとなると、かなり時間が必要になってくるらしい。そのため、お茶でも飲みながら話そうということになった。

——と、いうわけで、俺たちが移動した先は広い応接室。

ゆったりと座れる幅の広いソファに、大きな窓からは手入れの行き届いたテレイザさん自慢の庭園が見渡せる。

屋敷のメイドさんが淹《い》れてくれた紅茶を飲みながら、俺とシルヴィア、そしてテスラさんの三人は改めてあの屋敷に関する情報を母上から聞く。

「テスラから報告は聞いています。霊峰ガンティアでの生活は順調のようですね」

最初に、母上がそう切り出した。

「えぇ。領民も集まっていますし、最近は新たに発見されたダンジョンを中心に冒険者ギルドをオープンさせたんです」

「冒険者ギルド……それは賑やかそうね」

穏やかな口調と柔らかな笑みを浮かべながら、母上は俺の話に耳を傾けていた。

……やはり、俺が知っている母上と印象がまるで違うな。

もしかしたら、家にいる時は本来の自分を抑えていた？

「あなたが元気そうで何よりよ」

そう語る母上の顔は、本当に嬉しそうだった。俺だけでなく、シルヴィアもその様子に驚いている。

ただひとり――テスラさんだけはいつも通りだ。

……もしかしたら、テスラさんは最初から知っていたのかもしれない。

俺の専属メイドとなる前は、ずっと母上についていたっていうし……その可能性は高いな。

何か、母上が自分を抑えざるを得なかった理由があるのだろうか。

……そのことについても気にはなるが、今はあの屋敷について聞かなければ――領主として、これだけはスルーできない。

「あの屋敷の話を聞きたいのよね」

「あ、は、はい。お願いします」

いよいよ、本題に移る。

俺とシルヴィアは固唾《かたず》を呑《の》んで母上の言葉を待った。

「あなたとシルヴィアが立ち寄ったという屋敷は……私の父であるアダム・カルーゾの建てたものだったのよ」

「「えっ!?」」

あの屋敷の持ち主がカルーゾ家？

ジェロム地方は代々アインレット家が治めていたって聞いていたけど……どうやら真実はちょっと違うらしい。

「ジェロム地方にカルーゾ家の屋敷があったんですか？」

「……アインレット家の先代当主と父が懇意にしていたのよ。その関係で、父はあの山の調査を依頼されたの――この町をよみがえらせた実績を買われて」

……なるほど。

読めてきたぞ。

あの屋敷は霊峰ガンティアを調査するカルーゾ家のために、アインレット家の先代当主が建築を許したものってわけか。

だとすると……

「じゃあ、カルーゾ家は霊峰ガンティアに魔鉱石が存在していたことを知っていたのですか？」

「違法採掘の事件ね。私は初耳だったから驚いたわ。だって……あの父が魔鉱石の存在に気づかなかったとは思えないから。きっと父は、古くから知っていた可能性はあると思うわ」

「じゃあ、調査を頼まれていながら、祖父は魔鉱石については依頼主であるアインレット家に伝えていなかった、と？」

「……主人が知らないところを見ると、報告はしていないようだわ」

「やっぱり……」

アインレット家と懇意にしていて、仕事を引き受けて屋敷を建て、調査に乗りだした——が、カルーゾ家は発見した魔鉱石の存在をアインレット家に教えなかった。

……どうもその辺りから、両家の間に知られざる亀裂《きれつ》が生じていたってわけらしい。

「じゃあ、あの屋敷にあった女性の肖像画は……」

「あれは……私の母——あなたのお祖母様《ばあさま》よ」

「……！」

正直に言うと、母上の顔を見た時からうっすらと「そうかもしれない」って感じはしていた。

だって、あの女性……どことなく、母上と似ていたからな。

ともかく、あの屋敷がカルーゾ家の持ち物であることは分かった。

その後のアインレット家のゴタゴタに関しては、すでに当事者が誰も生きていないから真実を聞きだすことはできない。

可能性があるとするなら父上だが……仮に知っていたとしても、それは先代から聞いた話。真実を隠すことなく伝えられているかどうか、知る術は残されていない。

まあ、この件についてはとりあえずここまでにして、残る謎は——ダイールさんを襲った存在について、だ。

ある意味、俺が一番聞きたかったのはこの件だ。

「あの、アダム・カルーゾ——いや、祖父はそこで人外《じんがい》の生物と出会ったりしていませんでしたか？」

「人外の生物？」

む？

母上のこの反応……知らないっぽいな。

「私たちがあの屋敷を調査していた時に、同行していた冒険者の男性が何者かに襲われたのです。話を聞くと、相手は人間みたいな見た目ながら動きが人間離れしていたようで……」

シルヴィアは、ダイールさんが襲われた経緯を説明した。

だが、俺の予想通り、母上はゆっくりと首を横に振る。

「ごめんなさい……そのような話は聞いていないわ。ムデル族という人々と交流を持とうと頑張っていたみたいだけど、それもうまくいかなかったみたいで」

「ムデル族？　彼らとなら良好な関係を築けていますよ」

「えっ⁉」

今度は母上が驚いた。

「とても気難しい一族だと聞いていたけど……凄いわね、ロイス」

「あっ、えっと、その……はい」

母上に褒められたのって、もしかして生涯初の出来事じゃないか？

……けど、驚いたな。

現在ムデル族の長《おさ》であるハミードさんは、これまでよその人間と交流したことはないと言っていた。実際、長の娘のオティエノさんをはじめ、集落に住んでいた者たちは外からやってきたのは俺たちが初めてだと話していたし。

しかし、母上の話によると、祖父のアダム・カルーゾはムデル族と接触していたという。結局は失敗に終わったようだが。

具体的に何年前の出来事で、誰かも分からないが、祖父と接触したムデル族の人間は集落にその情報を共有しなかったみたいだ。

そういえば、俺がムデル族と交流をもったきっかけって、オティエノさんとの出会いだったな。成長した魔鉱石が引き起こす魔力酔いという症状に悩む彼らを、無属性魔法を駆使して回復させていき、信頼を得た。

あれがなかったら、きっと俺もムデル族との交流に失敗していただろう。

祖父がやろうとしていたことを孫の俺が成功させたってわけか……もしかしたら、天国の祖父が力を貸してくれていたのかもしれないな。

その時、母上が何かを思い出したように手を叩いた。

「そういえば」

「何か、ありましたか？」

「獣人族《じゅうじん》がいる可能性もあると父が言っていたのを思い出したわ」

「じゅ、獣人族……」

唐突にもたらされる重要な情報。

「獣人族かぁ……」

確かに、まったくあり得ない話じゃないな。

それならば、ダイールさんを襲った時の俊敏な動きにも説明がつく。彼らの身体能力は人間を軽く凌駕《りょうが》するからな。

特にあの辺は厳しい環境だし、俺の無属性魔法のような、生活を助けてくれる手段がないとなったら、普通に生きているだけでもかなり鍛えられそうだ。

そうなると、次の問題はなぜダイールさんを襲ったかという点。

未《いま》だ正体は不明のままだが……あの屋敷に何か思い入れでもあったのだろうか。

だとしたら、彼らには俺たちが「敵」ではないことを知らせる必要がある。

そして誤解を解けば、ムデル族と同様に友好関係を築けるはずだ。

「山に住む獣人族か……初耳の情報だったが、ロイスはどう思う？」

「霊峰ガンティアは広大だ。俺たちが足を踏み入れた場所なんて、全体の半分にも満たないだろう……まだまだ俺たちの知らないことが、あの山にはたくさん眠っている。今回の獣人族の件だって、そのひとつさ」

「そうだな……なんだか、またあの屋敷へ行ってみたくなったよ」

「ははは、俺も同じだ」

俺とシルヴィアが意見を交換していると……

「あなたたち……いつからそんなに仲が良くなったの？」

母上の疑問はもっともだった。

思えば、家を出る直前まで、俺とシルヴィアの関係は冷め切っていた。お互い、自分たちが政略結婚の駒《こま》として利用されていることを知っていたからな。

——けど、今は違う。

俺たちは互いを信頼し合っている。

それを母上は俺たちのやりとりを通して感じ取ったらしい。

「ジェロム地方に行く直前くらいから……かな？」

「そうだな。いろんなことがあったなぁ……」

目を細めて遠くを見つめるシルヴィア。

そこまで感慨深くなるほど長い時は経っていないように思えるが、これまであった数々の出来事を思い返すと、そう思ってしまうのも仕方がないか。

「そうなのね……」

俺たちの話を聞いた母上は、どこか安堵《あんど》したような表情を浮かべていた。

「あなたたちが仲良くやっていることを知れただけで十分だわ——ねぇ、シルヴィア」

「は、はい！」

母上の視線がシルヴィアに注がれる。

「あなたは今……幸せ？」

「はい。ロイスの婚約者で幸せだと、心から思っています」

力強く断言するシルヴィア。

……さすがに、正面からそう言い切られると照れるな。これまでかなり苦労をかけてきたわけだし、俺としてはまだまだこれからって気持ちだけど。

「ロイス、あなたはどう？」

「俺も同じ気持ちです。シルヴィアが婚約者で本当によかったと思っています」

こちらも負けじとキッパリ言い切った。

「ふふふ、本当にお似合いのふたりね」

口元に手を添えて、母上は柔和《にゅうわ》に笑う。

こうして、久しぶりの家族との再会は、思っていた以上に楽しく過ごすことができたのだった。

その日、俺たちは母上とともにテレイザ叔母さんの屋敷へ泊まることとなった。

「それでは、私も夕食の準備を手伝ってきましょうか」

「久しぶりにあなたの料理が食べられるのね。楽しみだわ」

「そう言われると緊張してしまいます、イローナ様」

あのテスラさんがタジタジとは……新鮮な光景だ。

それから料理ができるまでの間、俺とシルヴィアは母上にジェロム地方での生活をより詳しく話した。

王都でも話題になっているという、魔鉱石の違法採掘に関する話になった時、テレイザさんが積極的に乗っかってきた。

「その話は私もずっと気にかけていたのよ。ジェロム地方の近くにあるアスコサとうちのバーロンは、そのうちに今よりも交流が深まるわけだし」

「と、いうと？」

「近々、アスコサとの間にもう一本別の路線を整備する予定なの。そのことで、今度アスコサの町長と会談する予定もあるわ」

「アスコサと？」

そうなれば、うちの領地にも好影響が生まれるのは間違いない。

アスコサとの間に新しい鉄道がつながれば、多くの商人たちがジェロム地方へ足を運びやすくなる。うちで採掘できる魔鉱石は、いい看板商品となりそうだ。

さらに、テレイザさんが質問してくる。

「魔鉱石だけど、加工職人の手配は大丈夫？」

「今、うち専属でやってもらっている方がいます。ただ、ちょっと前まで病を患《わずら》っていて……万全の状態となるにはもう少し時間がかかるみたいです。それでも仕事には順調に復帰していますが」

「腕は確か？」

「それは保証できます」

「なら問題ないわね」

それを確認し終えてから、本題へと移る。

「アスコサへの新しい路線だけど――もうちょっと延長させて、ジェロム地方まで届くようにしたいと思うのよ」

「「えっ⁉」」

これには俺だけじゃなくシルヴィアも驚いた。

ジェロム地方に鉄道が通る……これはとんでもないことだぞ。

一気に大きな発展へつながられる可能性が出てきた。

ひとつ懸念があるとすれば、どれだけの魔鉱石を採掘できるかっていうところかな。この辺はまだ整備ができておらず、不透明な部分が多い。

テレイザさんにもひとつ不安点があるようで、こう尋ねてきた。

「ひとつ聞いておきたいのだけど……その違法採掘は騎士団の人間が仕切っていたのでしょう？」

「はい。ただ、黒幕は別にいるみたいなんですが……」

俺は言葉に詰まる。

違法採掘現場にいたのは、騎士団に所属するフランクさんだった。しかし、彼が一から十まで手を引いていたとは思えない。

この俺の考えは、マーシャルさんにも伝えておいた。

現在はマーシャルさんを中心に、フランクさんへ尋問したり、周辺調査をしていたりするらしいのだが……特に続報は入ってきていない。今も調査を進めてくれているとは思うが……解明されるのには時間がかかりそうだ。

「とりあえず、今のところは作業場を押さえてあります――けど、あれが氷山の一角である可能性もあるんですよね」

「他にも違法な採掘場があるかもしれないということね」

テレイザさんの言葉に、シルヴィアが反応する。

「でも、公《おおやけ》になった以上、その場にとどまり続けるのは向こうにとってもリスクが大きいだけでメリットはないと思いますが……」

シルヴィアの指摘はもっともだ。

仮に複数の違法採掘現場があったとしても、芋づる式に逮捕されないように連中はすでに逃げだしている可能性が高い。

しかし、霊峰ガンティアは本当に広大だ。どこに何があるか、領主である俺だって未だにすべてを把握しているわけではない。結局は時間をかけて調査を進めるしかないんだよな。

「騎士団には調査の継続をお願いしていますが、俺たちも俺たちで独自に霊峰ガンティアを調査しています」

「そう……分かったわ。でも気をつけてね。冒険者を襲ったという者がどこに潜んでいるかも分からないから」

「はい。細心《さいしん》の注意を払います」

そうテレイザさんと約束した直後、テスラさんが夕食の完成を知らせにやってきた。


カルーゾ家での夕食はとても賑やかで楽しいものとなった。

母上は父上の一方的な取り決め——アインレット家や子どもたちになるべく干渉しないということ——に対して何も言えなかったことをずっと後悔していたという。こうして一緒に夕食をとることができる日が来るなんて信じられない、と母上は言っていた。

一方、テレイザさんとは仕事の話で盛り上がった。

アスコサまで引かれる鉄道をジェロム地方まで延ばす事業。

その条件として魔鉱石の安定供給を求められた——これが、今後の領地運営における最大の課題となりそうだ。

「ロイス、また仕事のことで頭がいっぱいになっているな？」

「えっ？」

食事中、隣で食べていたシルヴィアからそう指摘を受けた。

本当になんでもお見通しだなぁ。

「せっかくおいしい食事なのだから、こういう時くらい仕事のことは忘れて楽しまないと」

「まったくその通りです……」

「ふふふ、もう尻に敷かれているようね」

俺たちのやりとりを見ていた母上が柔和な笑みを浮かべながらそんなことを言う。この調子なら、嫁姑問題は起きそうにないな。


想定以上の収穫があったバーロン来訪。

母上とは和解できたし――と言っても、向こうは最初から他の家族のように俺を見下していたわけではなかったし、誤解が解けたといった方が正しいか。

さらに、テレイザさんは俺たちの領地運営を可能な限りバックアップすると約束してくれた。

ジェロム地方領主としてはありがたい申し出であり、バーロンを親子二代にわたって発展させたテレイザさんの協力はとても心強い。

だから、俺としても魔鉱石の採掘を早急に実現したいと考えていた。

そのためには……やることがたくさんあるな。

◇◇◇

翌朝。

まだ朝霧《あさぎり》が残る時間帯ではあるが、すぐにでも戻って今後の活動を定めたいという俺の意向を汲《く》んでもらい、早々にカルーゾ家の屋敷をあとにする。

「慌ただしい訪問になってしまい、申し訳ないです」

「いいのよ。それだけ領地運営に熱心ということだし。あの何もなかったジェロム地方が、あなたの手でこれからどのように生まれ変わっていくのか……楽しみにさせてもらうわ」

俺はテレイザさんと固く握手を交わした。

叔母と甥って関係だけど、同時にビジネスパートナーでもある。

信頼関係はバッチリ築けたと思うし、ジェロム地方まで鉄道を延ばしてもらうためにも頑張らないとな。

「ロイス」

マックに荷物を載せていると、母上に声をかけられる。

もちろん、最後には挨拶《あいさつ》をしていくつもりではあったが、母上の方から会いに来てくれたのだ。

「もう行くのですね」

「はい。荷物を積み終わったら、ジェロム地方へ戻るため駅へ向かいます」

「そう……」

そう言った母上の顔は、落ち込んでいるように見えた。

……俺はここで再会するまで、母上は子どもに関心がないのだと思っていた。

でも、実際は父上によっていろいろと行動制限がされており、俺に話しかけようにもそれができなかったという。

こうして、父上の監視下から離れている間だけは普通の親子として接することができるということらしい……妻であろうと、アインレット家のことについてそれほどまでに口出しをされたくなかったのだろうか。本当に歪《ゆが》んでいるな、うちの父親は。

でも、こうして母上の本音を聞けたのはよかった。勘違いしたまま、すれ違い続けるというのは辛《つら》いからな。

母上との今後については、テレイザさんもいろいろと協力をしてくれることになった。実の姉とその息子——つまり甥っ子の俺が普通に会って話ができるよう、いつでも屋敷を貸すと約束してくれたのだ。

「母上……またここで会いましょう。今度はお土産《みやげ》を持ってきます」

「えぇ。楽しみにしているわ」

最後に再会の約束をしたところで、テスラさんが「準備が整いました」と知らせに来てくれた。

「では、そろそろ行きます」

「体には気をつけてね」

優しく手を振ってくれる母上にお辞儀《じぎ》をし、俺はみんなのところへ駆けだすのだった。


バーロンから戻ってくると、すぐに領民のみんなが集まってきた。

「おかえりなさい、領主様！」

「領主様⁉」

「野郎ども！　領主様が戻られたぞぉ！」

なんか、大騒ぎになってきた。

目的地であるバーロンはかなり遠方にあるから、泊まってくるということは伝えてあったんだけどな。

その日はとりあえずギルドに顔を出し、フルズさんにも帰還を伝えておく。ここでも、多くの冒険者たちから声をかけられまくって大変だった。

「ふひぃ～……」

屋敷の自室へ戻った時にはもうヘトヘトだった。

「長距離移動より疲れたかも……」

「まったくだな……」

俺もシルヴィアもぐったりしながらベッドへ横になる。

領民が増えると、それだけお迎えの規模もデカくなってきている気がするなぁ……いや、気がするじゃなくて確実にデカくなっているな、うん。

「っと、そうだった」

明日にも、例の屋敷を再調査する予定だ。

そのためにも、必要なアイテムをチェックしておかないと。

「熱心だな、ロイス」

「母上のこともあるしな」

このジェロム地方をさらに発展させれば……いずれ父上にとっても俺は無視できない存在となるだろう。今のアインレット家をなんとかして母上に自由な暮らしをさせてあげるには、それが最善の策だと思う。

「手伝うよ」

そこへシルヴィアも加わった。

「俺なら平気だよ。それより、明日も早くなりそうだから――」

「お互い様だろう？」

「……だな」

まさに似た者同士――いや、俺たちの場合はもう似た者夫婦ってことになるのかな。

結局、ふたりで一緒に明日の準備を始める。

なんだか、ワクワクして眠れなそうだ。

◇◇◇

翌日。

この日も、朝早くから活動開始。

カルーゾ家の屋敷を徹底的に調査し、少しでも多くの情報を持ち帰ろうと俺もシルヴィアも気合十分。

一応、母上やテレイザさんからどのようにしても構わないという許可が下りたので、あそこは修繕魔法を駆使して綺麗にし、別荘とすることにした。例の敵対存在や周辺の調査を行うための拠点としても役に立つだろう。

ちなみに、今回のメンバーは俺とシルヴィア、そしてレオニーさん。さらに、負傷したダイールさんの代わりにテスラさんが同行することとなった。

あと、今回メイソンは不参加となっている。

本人は「師匠の仇《かたき》を取る！」と躍起になっていたが、ダイールさんでも手に負えなかった相手がまた襲ってくる可能性もあるため、今回は留守番をしてもらうことに。

フルズさんからは冒険者数名を派遣しようかとも提案されたが、あくまでも調査がメインだし、彼らには本来の仕事をしてもらうことにした。

いざとなれば、俺の重力魔法で相手の動きを封じてしまえばいいしね。

「それじゃあ、行ってきます」

「行ってらっしゃい！」

「気をつけてな」

エイーダとフルズさんの親子、さらにはマクシムさん一家や多くの冒険者たちに見送られ、俺たちは屋敷を目指して出発した。

敵対存在――おそらくその正体は獣人族と予想――の戦力は未知数。

周囲に目を配り、襲撃してこないか注意をしながら進む――と、気がついたら屋敷の前まで来ていた。

こんなに近かったっけ？　と思ったが、実際は結構な距離を歩いていたのだろう。気を張りすぎて、なんだか感覚がおかしくなっているな……かといって、平常心を保つのもなかなか難しいけど。

「イローナ様の話を聞いてから見ると……だいぶ印象が違いますね」

「確かに……」

テスラさんの言う通り、ここが母上の実家であると知ってから中を見ると……まるでこの前訪れた屋敷とは別の場所にいるような印象を受ける。

強力な結界魔法が張ってあった時は驚いたが……そういえば、なぜ結界魔法があったのか母上に聞くのをすっかり忘れてしまっていた。今度会った時に聞いておくか。

「ここがあのカルーゾ家の屋敷だったとは……」

事実を知らされたレオニーさんは、興味深げに辺りを見回していた。

「レオニーさん、カルーゾ家を知っていたんですか？」

「アダム・カルーゾの逸話は有名ですからね」

彼女はマーシャルさんが送ってきた騎士団の人間。年齢的にバーロンの裏組織掃討作戦に参加してはいないのだろうが、一連の流れは騎士団の中で語り継がれているらしい。

その掃討作戦を立案したのが実の祖父っていうんだからな……孫として誇らしいよ。

「……しかし、まさかロイス様のお母様がそのカルーゾ家の血縁者だったとは驚きました。私はアダム・カルーゾに会ったことはありませんが、きっとロイス様もお祖父様《じいさま》に負けない大物になると思いますよ！」

「ははは、そうなったらいいんだけどね。努力するよ」

祖父のように、か。

なんかすごい伝説ばかり聞こえてくるからなぁ……俺がそんな人と肩を並べるような存在になるなんて、今の段階では想像もつかない。

でも、いつかはそうなれるように頑張っていかないとな。

母上と会話したことで、関係の修復ができた先日のバーロン視察。

だからこそ、俺と母上を結びつけてくれたこの屋敷を、なんとか元の状態に戻したい。その想いは強かった。

そんなわけで、俺たちは早速屋敷の中に入っていく。

「ユリアーネの店でもらってきた本のおかげで、新しく修繕魔法もいくつか覚えられたし……一日あれば、元通りにして、好きにコーディネートできそうだ」

「それは頼もしいですね」

表情はいつも通りのテスラさんだが、わずかに声が弾んで聞こえた。彼女も、ここが元通りになることを望んでいるのだろう。

「ここが新しい拠点となったら、山の探索はさらに進みますね」

レオニーさんの言う通り、ここは麓の普段生活している屋敷とは違う役割を持たせようと考えていた。

こっちは寝泊まり可能な屋敷――もっと言えば、宿屋的な存在として運用しようと思い、職人のデルガドさんたちにはそれに合わせた改装をお願いするつもりだ。

ただ単に宿屋とするわけではなく、屋敷っぽく庭園なんかも用意した方がいいだろうな。あとは寝室を多めに造ってもらうとするか。

新たな屋敷の構想を練っていると、外から音がした。

誰かが茂みを移動するようなガサガサという音だ。

途端に、全員が一斉に身構える。

直後、外で待機しているマックが「メェ～！」と力強く鳴いた。まるで、俺たちに危険を知らせるかのように。

「来たか……？」

ダイールさんを襲った襲撃犯が、再び屋敷へ侵入した俺たちを狙っているのか？

ハッキリと人数までは把握できないが……なぜだ？

なぜこの屋敷にそこまで執着するんだ？

生前の祖父母と関わりがあるというのか？

「どうしますか、ロイス様」

判断を迫られた俺は——物音のした方向にある窓を勢いよく開けて力いっぱい叫んだ。

「誰かいるのかぁ！」

「ロ、ロイス!?」

「ロイス様!?」

ビックリしてこちらを振り返るシルヴィアとレオニーさん——だが、驚いたのは彼女たちだけでなく、声をかけられた相手も同じだったようだ。

「っ！　いた！　あそこだ！」

動揺した結果なのか、一瞬だけ茂みの一部が大きく動く。そのおかげで、隠れていた位置を正確に把握することができた。

ここからは慎重に――

「ダイール殿を傷つけた者か！」

――行こうとしたのだが、真っ先に反応したレオニーさんが窓から飛び降りて俺の指さした場所を目がけて走っていく。

「レオニーさん！」

剣を抜き、外へと駆けだしていくレオニーさんを追って、俺たちも屋敷から出る。

すると、再びガサガサという茂みをかき分ける音が背後から聞こえてきた。慌てて振り返ると、凄まじいスピードで俺たちの真横を駆け抜けていく影が。

「なっ⁉」

まったく反応できない超スピードで逃げていく。

しかし、ほんの一瞬だが、俺は陽の光に照らされたその者の姿を見た。

それは明らかに人の姿をしている。

さらに特徴的なのは――尻尾《しっぽ》だ。

「や、やっぱり獣人族だったのか！」

顔はよく見えなかったため、性別や年齢までは把握できなかったが、獣人族であるということは間違いない。

霊峰ガンティアに住む獣人族。

果たして、どんな人たちなんだろうか……なんとか、話し合いの場を持てるといいのだけど。


その後、俺たちは屋敷の調査&修繕を再開する。

残念ながら、この地に存在する獣人族の情報は内部にはなかった。

だが、ひとつ新しい発見があった。

それは――地下室の存在だ。

俺たちは屋敷の部屋のひとつに地下へ続くと思われる扉を発見したのだ。

しかし、そろそろ帰らなければいけない時間となったため、今日のところはこれで撤収することに。

本来なら、転移魔法陣を使ったり、修繕した部屋で寝泊まりをしたりするのだが、やはりあの獣人族の存在がネックとなり、ここで一夜を過ごすのは危険と判断したのだ。

「もうちょっと調べたかったけど……仕方がないか」

でも、これではすべてを調べ終えるのに時間がかかりすぎる。

やはり、大人数で大規模調査をした方がよさそうだな。フルズさんに相談して、腕利きの冒険者を見繕《みつくろ》ってもらうとしよう。

なるべく獣人族を刺激しないよう、注意を払う必要はあるが……鉄道の件も考えると時間的に余裕があるわけでもないしね。

「次に来るときは、大人数で来よう」

「本格的に調査をするのですね」

「そのつもりでいます」

「でも、あの獣人族は大丈夫だろうか」

シルヴィアのその懸念は、まさに俺が今抱いているものと同じであった。

ただ、獣人族に関しては、少し気になる点がある。

それは、俺たちとニアミスした時の相手の反応だった。

ダイールさんには問答無用で襲いかかったにもかかわらず、俺たちに対しては真っ先に逃げだすという選択肢を取った。

まともに会話もせず襲ってきた者が選んだ行動としてはちょっと疑問が残る。数でいえばこちらが有利と言えるが、メンツは女性と若造の四人だけ。仕掛けてきてもおかしくはないと思うのだが。

「霊峰ガンティアに住む獣人族、か……」

そう呟いたあと、俺は顔を上げる。

目の前には高くそびえるガンティア——そこに暮らす人々の顔がふと脳裏によぎった。

「あの人たちなら、何か知っているかもしれないな」

「ムデル族の方々ですね？」

テスラさんの言葉に、俺は頷くことで答える。

そうと決まれば、明日はムデル族の集落を訪れるとしよう。

◇◇◇

次の日。

まずはフルズさんに新たにメンバーを選んでもらい、屋敷の調査をするよう依頼する。

その際、案内役としてレオニーさんにも同行してもらうこととなった。

一方、俺やシルヴィアはカルーゾ家の屋敷で目撃した謎の獣人族の正体に関する情報を集めるため、この山で長く暮らしているムデル族から話を聞くことにした。

俺とシルヴィアは転移魔法陣を使って早速ムデル族の集落へ移動し、長であるハミードさんの家を訪ねた。

転移魔法のおかげで本当に移動がしやすくなったなぁと改めて実感しつつ、ハミードさんから話を聞く。

「ふぅむ……獣人族か……」

この反応でもう大体分かったな。

「ご存じありませんか？」

「すまないが、我々の生活圏で目撃したという例は聞いたことがないな」

「そうですか……」

まあ、これまで俺たち以外に接触した種族はいないって言っていたしな。ただ、それは今の世代の方たちの話で、先代レベルになると目撃情報はあったのかもしれない。俺の祖父であるアダム・カルーゾと出会っていたこともハミードさんは知らなかったし。

せめてチラッとだけでもいいので目撃情報があればと思ったが、あの屋敷があったのはムデル族の集落がある場所から正反対の位置。

この広い霊峰ガンティアならば、長い間に一切の接触がなかったとしても無理はないかと頷ける距離だ。

その後も、オティエノさんをはじめとする他のムデル族からも情報を集めようとしたのだが、やはり誰も知らないという。

「手がかりはなし……か」

「これぱっかりは仕方がないな」

「ごめんなさいね、せっかく来てもらったのに」

「そんな、オティエノさんは何も悪くないですよ」

申し訳なさそうに謝るオティエノさんだが、さっきも言った通り、オティエノさんやムデル族の人々にはなんの落ち度もない。

と、その時。

「あら、ロイス様にシルヴィア様じゃないですか」

俺たちに声をかけてきた女性がいた。

「ジャーミウさん！」

仕事のためにムデル族の集落へ一時的に移住しているジャーミウさんだった。

現在、彼女はこのムデル族の集落近くに存在するダンジョンに潜り、そこにある魔鉱石を加工して、魔鉱石から漏れる魔力を軽減する作業に当たっている。

この魔力のせいで、ムデル族では一時魔力酔いの症状が蔓延《まんえん》。魔力に関する知識がなかったムデル族は流行《はや》り病として恐れていたが、ジャーミウさんのおかげでそれはもう過去の話となっていた。

本格的な採掘と加工は彼女の完全な体調回復を待ってからになる。

変にプレッシャーを与えては治るものも治らなくなると判断した俺は、テレイザさんとの話で出た鉄道計画についてしばらく伏せておくことにした。

加工職人としての確かなスキルを持つジャーミウさんは、この霊峰ガンティアで魔鉱石の採掘を行うために必要なキーパーソンのひとりだ。

そういったわけで、最近のジャーミウさんはこの集落で寝泊まりをすることが多くなっていた。

「フルズからバーロンへ行ったと聞きましたけど、戻られていたんですね」

「ええ。この山に住んでいると思われる獣人族について調べているんです」

「獣人族？」

おっ？

もしかして、ジャーミウさんは何かを知っているのか？

日々ダンジョンに潜っている彼女なら、何か手がかりを得ているかもしれない。

そう思って、さらに詳しく聞きだそうとしたら――

「何か心当たりが？」

シルヴィアに先を越された。

「……確実に目撃したというわけではないですが、ダンジョンを潜っていると、それらしい痕跡《こんせき》がいくつかあって」

「本当ですか⁉」

これは大きな情報だ。

「その場所ってどの辺りですか？」

「これから行くつもりだったので、一緒に来ますか？」

「ぜひ！」

「やったな、ロイス！」

「ああ！」

思わずハイタッチする俺とシルヴィア。

ジャーミウさんがダンジョンの中で発見したという獣人族らしき痕跡……一体どのようなものなのか、この目で確認しなければ。


俺たちは早速ジャーミウさんの案内でダンジョンへ移動する。

かつて、ムデル族を魔力酔いさせた元凶であるダンジョンの魔鉱石。

だが、それもすでに過去の話となっている。

魔鉱石の加工職人であるジャーミウさんが来てからというもの、ムデル族は魔力酔いに悩まされることがなくなったのだ。

そんなジャーミウさんが発見した、ダンジョン内にあるという獣人族の痕跡とは一体なんだろうか。

「発見したのはつい先日です。お知らせしようとは思っていたのですが……」

「俺たちはバーロンへ行っていて不在でしたからね」

なんというタイミングの悪さ。

……いや、この場合はかえってタイミングがいいというべきだろうか。

ともかく、あの屋敷で見た獣人族について何か情報を得られるかもしれないということもあり、俺は興奮していた。

ダイールさんがいきなり襲われた――この事実から、もしかしたら好戦的な種族なのかもしれないと俺は想定していた。

あるいは、ダイールさんが無意識にしていた仕草などが、その獣人族の逆鱗《げきりん》に触《ふ》れてしまったか……一口に獣人族と言っても、その種別は細かく分類されて数も多いからな。それぞれに特有の文化や風習を持っていることもあるし、彼らのことを一概に説明することはできない。

いずれにせよ、今後の活動のためにも、その獣人族問題解決は急務。素早い対応が求められている。

「着きました。こちらです」

そんなことを考えていたら、先を歩くジャーミウさんの足が止まった。見つけた痕跡は、ダンジョンの奥に存在していたようだ。

「これです」

おもむろに岩壁を指さすジャーミウさん。

「こ、これは……」

それを見た俺とシルヴィアは驚愕《きょうがく》した。

岩壁に刻み込まれた、鋭い爪痕。この硬そうな岩を削《けず》り取るほどの力があるのか……人間の肌など、ひとたまりもないな。いや、肌どころか、首ごと吹っ飛ばされそうだ。

「しかし、これだけならモンスターの可能性もあるのでは？」

冷静なシルヴィアの指摘で、俺はハッとなる。

そうだ。

この爪痕だけでは、判断がつかないぞ。

――が、どうやらジャーミウさんにはまだ隠している情報があるらしい。

「この岩壁の近くでこんなものを拾ったんです」

そう言って、俺に手渡したのは……

「これは……毛？」

話の流れ的に、これは獣人族の毛ってことか？

「体毛のあるモンスターもいますが、このダンジョンではかなり少ないはず。それに見たところ……モンスターの体毛とするには少し細すぎる気がします」

確かに、モンスターの体毛って、触るとチクッと痛みそうな、トゲっぽい印象がある。

だが、この毛の手触りではそんな感じは一切なく、むしろツルツルしていた。

「うーん……どんな動物の毛だろう。シルヴィア、分かる？」

「あいにく、動物に疎くて……」

申し訳なさそうに頭を下げるシルヴィア。

相変わらず生真面目だなぁ。

俺はシルヴィアに大丈夫だよと声をかけてから、その体毛を手に取ってみた。

「獣人族っぽくはあるんだけど……もう少し種族が絞り込めないかな」

「冒険者たちなら、何か知っているんじゃないか？　彼らの中にはかつて獣人族とパーティーを組んでいた者もいるかもしれないし」

「なるほど！」

さすが我が嫁。

そうだよ。

獣人族とも多く接してきた冒険者たちならば、この体毛の正体について知っているかもしれない。

「よし！　そうと決まったら、早速これを麓に持ち帰って聞いてみよう」

「そうだな」

俺とシルヴィアは貴重な発見をしてくれたジャーミウさんに揃ってお礼を言った。

恐縮しっぱなしのジャーミウさんだったが、「ロイス様のお力になれて光栄です」と控えめに笑った。

さて、この体毛の正体を探りつつ……もう一度屋敷の近くへと足を運び、現地でも情報を収集してみることにしようか。


思わぬヒントを手土産に麓へ戻ってくると、ほぼ同じタイミングで、屋敷に向かっていたレオニーさんたちとも合流できた。

今回は大人数での探索となったため、収穫もバッチリあったらしい。

心配されていた獣人族の襲撃もなかったそうだ。

……前回に比べて人数が多いし、さすがに不利だと思ったか。

「こいつを見てくださいっす！」

同行した冒険者のひとりで、ここでは古株であるミゲルさんが見せてくれたもの——それはたくさんのアイテムと書類だった。

「地下室は倉庫として使われていたようで、たくさんのアイテムや武器が保管されていたっす」

「カルーゾ家が魔鉱石の採掘を行う際、妨害してくるモンスターを撃退するために使っていたものかもしれないですね。こっちの書類は？」

「どうやら、アイテムの設計図のようっす」

「設計図？」

気になった俺はその書類に目を通す。

それは確かに、一からアイテムを作りだすために必要な材料や手順をまとめた設計図のようだった。

「こちらに原本と思われる、別大陸の言語で書かれたものがあるっす。おそらく、この内容を翻訳したのがその設計図ではないかと」

「へぇ……魔弾《まだん》を使う銃に死霊《しりょう》魔術用の棺《ひつぎ》……なかなかお目にかかれないレアなアイテムばか

りだ」

シルヴィアは見つかった書類をかぶりつく勢いでのぞき見た。

「……でも、めちゃくちゃ複雑な構造しているなぁ。とても俺には作れそうにない……一体どこの大陸の魔法なんだろう？」

「そもそも、完成させることができるアイテムなのか、これは」

「うーん……たぶん無理じゃないとは思うけど……相当高度な魔法技術が必要になってくるみたいだから、簡単にはできないだろうな」

初めて聞くアイテムの数々に、俺は興奮していた。

どんな効果をもたらすのか、そちらも十分気にはなるところだが……もっと俺の心を揺さぶったのは、一部の魔道具について「俺の無属性魔法で再現できるかもしれない」ということだった。

そして、これについてはシルヴィアも同じ考えを持っていたようで……

「いくつかはロイスの無属性魔法で再現できるんじゃないか？」

俺の思っていることをそっくりそのまま口にした。

「さすがはシルヴィアだ」

「えっ？」

「無属性魔法で再現できるものもありそうだと俺が考えを巡らせていると、それにピタリと合わせてくる……うん。本当に俺のことをよく分かっていてくれる……嬉しいよ」

「そ、そんな風に言われるとさすがに照れるぞ」

唇を尖《とが》らせてそっぽを向いてしまったシルヴィア。

いかん。

ちょっといじりすぎたかな。

ならば話題を変えて……俺たち側の獣人族に関する情報について共有する。

「実は――」

俺はジャーミウさんの仕事場であるダンジョンの中で発見された体毛について、みんなからの意見を求めた。

――が、残念ながら明確な答えは出ず。

しかし、意外なところから解決に結びつくヒントが出る。

それはミゲルさんの放った何気ない一言だった。

「鑑定魔法でも使えれば、すぐに分かるんすけどねぇ」

「!?」

そうだ！

鑑定魔法だよ！

なんでこんな簡単なことに気がつかなかったんだ！

「ありがとう、ミゲルさん！」

「えっ？　い、いや、よく分かんないっすけど、領主様のお役に立てたのなら、光栄っすよ！」

俺はミゲルさんにお礼を言ったあと、シルヴィアを連れて自分たちが暮らす屋敷に全力ダッシュで戻った。

「おや？　早いお帰りですね？」

「何かあったんですか？」

洗濯物を取り込んでいたテスラさんとエイーダが話しかけてきた。

「まあね！」

「すまない！　詳しい情報はあとで必ずロイスとともに伝える！」

ふたりの横を走り抜けて、俺とシルヴィアは自室に入る。そして、すぐにふたりで本棚を漁り始めた。

「えぇっと……どこにしまったっけかなぁ」

「ロイス、これじゃないか？」

「っ！　それだ！　間違いない！」

俺はシルヴィアから手渡された本に早速目を通す。

それは、まだ読み途中だったもので、上位鑑定魔法について記された書物であった。

これで体毛を鑑定し、より詳細な種族を特定できれば今後の対応もより明確なものにできるはずだ。

「いくぞ……」

「ああ……」

シルヴィアが見守る中、俺は本を読み込み、早速鑑定魔法を発動させる。

テーブルの上に置いた体毛へ手をかざし、魔力を込める。すると、やがて自分の手が青白く発光し始めた。魔法が正常に発動した証拠だ。

「その調子だ……」

集中力が途切れてしまわないように注意しながら続けていると――そのうち、頭の中にさまざまな情報が流れ込んでくる。

これが、いわば鑑定結果。

この体毛の持ち主に関する情報だ。それによると――

「……どうやら、この体毛の持ち主は山猫《やまねこ》の獣人族らしい」

「山猫の獣人族?」

正体は分かったものの、俺とシルヴィアはともに首を傾げる。

なぜなら、山猫の獣人族など聞いたことがなかったからだ。

「一体、どんな種族なのだろうか……」

「獣人族に関する情報だと――経験豊富なフルズさんが詳しいかもしれないな」

俺はシルヴィアにそう言い、フルズさんに話を聞くため屋敷近くにある冒険者ギルドを訪れた。

「おや？　領主殿じゃないか」

時刻は夕方ということもあり、店じまい直前だったフルズさんを捕まえ、すぐに例の獣人族について尋ねる。

――すると。

「山猫の獣人族だって……？」

一瞬にしてフルズさんの表情が曇り、顔が引きつりだした。

これはもう、みなまで言わなくても分かる……山猫の獣人族とやらが、相当ヤバい存在だって。

例えば、めちゃくちゃ好戦的、とか？

しかし、それならダイールさんをいきなり攻撃したっていう点も腑《ふ》に落ちる。

ともかく、俺はフルズさんからの言葉を待つことにした。

しばらく複雑な表情を浮かべていたフルズさんだが、やがてポツポツと自身の知る情報を語り始める。

「山猫の獣人族についてだが……彼らは非常に高い身体能力を誇り、それだけでなく、とても好戦的な性格をしていると言われている」

やっぱりそうだったのか。

ダイールさんを襲った犯人の特徴と合致《がっち》している。

となると、その好戦的な山猫の獣人族がこの近くに存在しているということか……これってかなりまずい状況では？

頭を抱えていると、フルズさんからさらに追加の情報がもたらされる。

「だが、安心してほしい」

「えっ？」

「たとえその体毛の鑑定結果が山猫族であったとしても、このジェロム地方が山猫族の脅威《きょうい》にさらされるようなことはないと断言できる」

依然として表情は晴れないフルズさんだが、語っている内容からすると朗報に思える。ただ、問題はその根拠だ。

「なぜ、そんなことが言えるんですか？」

「なぜも何も……すでに、山猫の獣人族は絶滅したと国が公式に発表しているからだ」

「「えぇっ⁉」」

この情報はあまりにも意外すぎた。

おかげで、シルヴィアと声が完全に重なる。

最近多いな、この展開。

……まあ、それは置いておくとして――じゃあ、ダイールさんを襲った犯人は一体誰だったんだ？

あの身体能力は間違いなく人間のものじゃない。

ダイールさんが襲われた理由も謎のまま。

この毛が見つかったのは魔鉱石があるダンジョン内で、屋敷から見つかったものではない……ということはやっぱり、山猫の獣人族ではないのか？

「ふたりは何をそんなに驚いているんだ？」

ポカンとしているフルズさんに、俺は入手した毛の話をした。

「何っ⁉　それは確かに妙な話だ……」

あまりにも状況が不可解すぎて、フルズさんも黙ってしまった。

こうなったら……ユリアーネの書店に行って、関連する書物を探してこよう。

俺とシルヴィアはギルドを出て近くの書店に向かう。

すると、ちょうどユリアーネが閉店を知らせる看板を出すところだった。

「待ってくれ、ユリアーネ！」

「あとちょっとだけ時間をくれ！」

「えっ⁉　シルヴィア様にロイス様⁉　一体どうしたんですか⁉」

血相を変えて飛び込んできた俺たちを見て、ユリアーネは驚きながらも事情を尋ねてきた。

山猫の獣人族に関する本を探していると告げると、ユリアーネは営業時間を延長し、店にある関連書物を持ってくると言ってくれた。

「すまないな、ユリアーネ」

「いえいえ！　ロイス様がみんなのために一生懸命取り組まれていることは重々理解していますから！」

領民であるユリアーネにそう言ってもらえるのは嬉しいな。

と、感動に打ち震えるのはもうちょっとあとにして、今は山猫の獣人族に関する本についてだ。

「いろいろと探してみましたが、関連する本はこの辺りですね」

持ってきてくれた本は合計で五冊。

俺とシルヴィアはそれを手に、屋敷に戻って読み始めてみる――が。

「「うーん……」」

俺たちは揃って唸り声を上げる。

山猫の獣人族に関する情報はあるにはあったのだが……どれも曖昧《あいまい》なのだ。

国が残した公式の記録でさえ、他の種族と比べるとどこか明確さに欠けている。

この種族、本当に存在したんだろうな？

こうなってくると、俺の鑑定魔法にミスがあったのかと疑ってしまうが……逆に情報がなさすぎるというのも怪しい。

ただ、持ってきた五冊の本には共通して、ひとつのとんでもない情報が記されていた。

それは――かつて、山猫の獣人族たちはとある国に対して大規模な暴動を起こしたということだった。それこそが、山猫の獣人族滅亡の原因だという。

だが……種族全員が暴動に加担していたというのか？

そもそも、何が原因で暴動が起き、その結果どうなったのかという詳しい情報がごっそり抜け落ちている。

「……国が保管している資料を漁るしかないか」

これ以上調べるとなったら、そういう結論に至るが……許可が下りるはずなどない。

マーシャルさんにお願いするという手も考えたが、さすがにそれは「迷惑をかける」レベルで済む話じゃない。

すべての本を読み終わり、この日はこれで就寝することに。

いまいち手がかりがつかめなかった。

さて、明日からはどうしようかな。

◇◇◇

結局、具体的な策は何ひとつ見つからないまま朝を迎えてしまった。

どうしたものか、と悩む俺とシルヴィア。

その足は自然とカルーゾ家の屋敷へと向かっていた。

ちなみに、今日は俺たち以外に誰も来ていない。

「俺たちがバーロンに行って母上と会っている時も、みんながここを調べてくれていたんだよな」

「ああ。いろいろなアイテムを回収してきてくれたし、みんなには感謝しないとな」

シルヴィアの言う通りだ。

フルズさんの話では、調査への同行を希望する冒険者の数が多く、選出するのが大変だったらしい。本当にありがたい話だよ。

そんなみんなのためにも、なんとかして事の真相をつかみたいところだが……

「うーん……やっぱり異常はないか……」

外観を見て回るが、やはり変わったところは見られない。謎の獣人族はこの屋敷で俺たちと遭遇してから、警戒して近づかなくなったのかな。好戦的な性格に思えるが、その辺の分別はあるのか。

「そういえば……」

俺はふとあることが気になって、ふらふらと歩く。

「どうかしたのか、ロイス？」

「いや……ダイールさんの話だと、確か攻撃してきた獣人族はこっちの方角に逃げていったんだよな」

「そうだったな」

俺とシルヴィアは山猫の獣人族と思われる人物が逃げた方向に向かって歩きだす。

この先は未開拓の地であるが、もしかしたら何か手がかりが得られるかもしれないと進んでいった。

するとその時。

「……何か聞こえないか？」

「えっ？　い、言われてみれば……」

シルヴィアに言われて耳を澄《す》ますと……確かに、何か音が聞こえる。

小鳥のさえずりか風に揺れる木々の音くらいしか聞こえていなかったが、明らかにそれらとは違う第三の音があった。

「行ってみよう、シルヴィア」

「し、しかし、危険じゃないか？」

「ちょっと様子を見るだけさ」

俺はシルヴィアを説得し、ゆっくりと歩を進めていく。

やがて木々の数が減り、開けた道に出た――が、その先は断崖絶壁《だんがいぜっぺき》となっており、これ以上は進めない。

と、その時、俺とシルヴィアは眼下に流れる川のほとりに人影を目撃した。

「シ、シルヴィア……見たか？」

「あ、ああ……一瞬だったが、確かに人がいた」

そう――川のほとりには「人」がいた。正確には、人型の種族だ。

それも複数。

もしかしたら、あれが山猫の獣人族か？

あるいは……まったく新しい種族なのか。

いずれにせよ、俺たちと接触していない存在であるのはまず間違いないだろう。

「あの辺に集落があるのかな？」

「……皆目見当もつかない」

困惑する俺たち。

ともかく、調査するにしても人手は必要になりそうだ。

戻ったら、フルズさんたちギルド関係者に相談してみることにしよう。


屋敷へ戻る前に、俺とシルヴィアはもう少し辺りの様子をうかがうことにした。

その際、先ほどから聞こえてくる音の正体を発見する。

「あれは……滝？」

視線の先に、山の一角から大量の水が地上へ流れ落ちている場所を発見する。見た感じはただの滝だが……問題はその大きさだ。

「お、大きな滝だな、ロイス」

「あぁ……あんなサイズは見たことがない」

俺たちは肩を並べて呆然《ぼうぜん》としていた。

シルヴィアが言ったように、あの滝は大きい――いや、大きいという表現では生易《なまやさ》しいと感じてしまうほど巨体なものだ。

「……あそこは観光スポットに最適かもしれない」

ふと、俺はそんなことを口走った。

思わず見惚《みと》れてしまう圧巻の瀑布《ばくふ》――これだけでも見る価値はありそうだが、この辺りは木々も生《お》い茂り、高い標高の影響で気温も涼しく、過ごしやすい。

屋敷周りはダンジョンが多くてギルド運営に向いているが、こっちは高級感を押しだした宿屋を置き、貴族たちのリゾートとしてアピールしていくのも悪くなさそうだ。

テレイザさんに話しておこう。

これは鉄道計画にとってもプラスになるだろうからな。

――いずれにせよ、さっき俺たちが目撃した人々の正体に迫らない限り、それらはすべて夢物語でしかない。

新たな領地運営の兆《きざ》しは見えた。

しかし、こちらはダンジョンよりも厄介そうだ。

すべては山猫の獣人族との一件を解決しなければ始まらないし……やっぱり、こちらから接触を試みてみるか。

その日の夜。

俺はフルズさんをディナーに誘った。

すると、ちょうどジャーミウさんもムデル族の集落から転移魔法陣を利用し、麓まで戻ってきているということだったので、夫婦揃っての招待となった。

娘のエイーダがうちでメイドをしていることもあり、ふたりは食事の他にエイーダの働きぶりを見て喜んでいた。

その席で、俺は昼間目撃した件をふたりに相談する。

「ほぉ……それは興味深いな」

「えぇ。まさかムデル族の他にこの山で暮らしている種族がいたなんて」

フルズさんとジャーミウさんの関心はそこに集約された。

さらに、俺は自分の考えをふたりに告げる。

「俺は――彼らと接触してみようと考えています」

「……！　……まあ、領主としては至極当然の意見だな」

最初は驚いて目をカッと見開いたフルズさんだが、その直後に太い腕を組んで何やら思案を始めた。

こちらの考えを分かってくれてはいるようだが……その冴《さ》えない表情から察するに、諸手《もろて》を挙げて大賛成というわけにはいかないらしい。

――そういった反応も理解できる。

だけど、やっぱり領主として見過ごすわけにはいかない。危険は重々承知しているが、それでも挑まなければ事態を前進させられないと思っていた。

「俺とシルヴィアが山猫の獣人族と思われる存在を目撃したあの周辺を詳しく調査してみようと思います。おそらく、あの辺りが彼らの生活圏でしょうから」

「ムデル族の人たちとだって分かり合えたのだから、きっと山猫の獣人族たちとも分かり合えるはず……」

こちらの訴えを耳にしたフルズさんは、何かを決心したようにパンと両手で両膝《ひざ》を叩きながら告げる。

「分かった！　これ以上は何も言わん！　ふたりに任せよう！」

「フルズさん！」

「ただ、この地のギルドマスターとして、領主殿とその婚約者ふたりだけで行かせるわけにはいかない。ダイールの怪我もだいぶ癒《い》えてきたし、彼とレオニー、それから数名の冒険者に同行するよう声をかけよう」

「ありがとうございます！」

さらに、テスラさんもこう言ってくれる。

「今回は私も行きましょう。エイーダさん、今回もまたお留守番をお願いしますね」

「了解！　私の分まで暴れてきてね！」

「お任せを」

「テスラさんに暴れられたら困るけどなぁ……」

俺が言うと、周りのみんながドッと笑いだす。

顔馴染《なじ》みの冒険者にプラスして、テスラさんも一緒に調査へ乗りだすこととなった。

これは……これまでにない、最大規模の調査部隊となりそうだな。

◇◇◇

運命の夜が明けた。

俺とシルヴィア、そしてダイールさんとレオニーさん、それと、フルズさん選抜による数名の冒険者たち。あと、大人数ということもあり、医師のマクシムさんにも同行をお願いした。さらにさらに、今回はテスラさんまで同行する。

過去最大人数での調査だ。

「す、凄い迫力ですね……」

そう言ったのは出発前の俺たちを激励《げきれい》に来たユリアーネだった。

「まさにこれから冒険に行くって感じがひしひしと伝わってきます！」

その反応……ちょっと大袈裟《おおげさ》だなぁと感じてしまう。

これまで住んでいたアスコサにも冒険者はいる。

だから珍しくもなんともないはず——と、最初は思ったが、よく考えたらあそこは大きな町だから、うちみたいに一ヶ所にこれだけの人数が集まって目的地に向かうってことはないのかもしれない。

「待たせてしまってすまないな、ロイス。少し準備に時間がかかってしまって」

遅れていたシルヴィアが到着した。

「いや、そんなことは——」

そう言って振り向いたが——彼女の姿に、俺は思わず声を失った。

「そ、その格好は……」

「新しい冒険用の衣装だ」

な、なるほど。

ハーフパンツにノースリーブ……機能性は抜群といったところか——しかし、いささか露出が多い気がする。

「あぁ……シルヴィア？」

「ご安心ください、ロイス様」

「うわっ⁉」

新衣装の露出度に関して言及しようと思ったら、テスラさんに先手を打たれた。

「ロイス様が気にしていらっしゃる露出の多さについてですが」

「ま、まだ何も言ってないんだけど⁉」

「おや？　違いましたか？」

「………………」

「無言は図星《ずぼし》と受け取ります」

……悔しいが、言う通りだから何も言い返せない。

「上下ともに、上に着るものがありますので、実際に行動する際はシルヴィア様の露出は大きく減少します」

「……？　じゃあ、なぜ今はあの格好を？」

「シルヴィア様がどうしてもこの姿をロイス様に見せたいと――」

「テ、テスラさん⁉」

大慌てで俺とテスラさんの間にシルヴィアがカットイン。

その顔は見たことがないくらい赤く染まっている。

「大変失礼いたしました。先ほどの発言はシルヴィア様より内密にするよう申し付けられておりました。ですので、どうかお忘れくださいロイス様」

「そんな無茶な……」

でも、シルヴィアがあの姿を俺に見てもらいたかったたってことは――

「シルヴィア様もまた恋する乙女なのですよ」

「⁉」

テスラさんは俺以外の誰にも聞かれないよう、耳元でそっと囁《ささや》く。

……ま、まあ、それならいい――のか？

真っ赤になって俯いているシルヴィアにかける言葉が見つからず、俺は逃げるようにユリアーネに話しかける。

「す、すまない、ユリアーネ。ちょっと騒がしくなって――」

「いえ。大変素晴らしいものを拝見させていただきました」

「ユリアーネ？」

なぜか深々と頭を下げるユリアーネ。

その真意は読み取れないが、とりあえず満足（？）してもらえたようなのでよしとしよう。深くは考えない。

「こちらの準備は整いました、領主殿」

「ありがとう、ダイールさん」

「前は不覚を取りましたが、同じ過《あやま》ちはいたしませんので」

「頼もしいのはいいですけど、無理はしないようにお願いしますね。まだ病み上がりなんですから」

「お心遣い、感謝いたします」

深々と頭を下げるダイールさん――だが、まだ言いたいことがあるようだ。

「それからもうひとつだけ」

「なんですか？」

「私を襲った獣人族との共存に対し、これからも前向きな姿勢でいていただきたい」

「ダイールさん……」

思えば、ダイールさんは山猫の獣人族と思われる人物からの襲撃を受けて、重傷を負ってしまった。

本来ならば、そのような者たちと仲良くはできない――そう思っても仕方がないが、ダイールさんはむしろ俺にその気持ちをなくさないようにと告げた。

「私のことは気にせず、あなたはあなたが正しいと思った道を進んでください」

「はい！」

俺は力いっぱいの返事で、ダイールさんの気持ちに応えた。

ちょうどその時、全員の準備が整ったとレオニーさんから報告を受けた。

「そろそろ行こうか」

俺たちはユリアーネやフルズさんなど、見送りに来てくれた領民たちに手を振り、例の巨大な滝の周辺に向けて出発した。

俺とシルヴィア、そして大荷物を背負うマックのふたりと一頭が先頭に立ち、山猫の獣人族と思われる人々を目撃した場所まで進むこととなった。

近辺でモンスターの目撃情報はないが、ダイールさんが襲撃された例も考慮すると油断はできない。

そのダイールさんだが、怪我はしっかり完治したようだ。

「マクシム医師の的確な治療のおかげですっかり元通りになりました。さすがですな」

「そんな……私はただ治療をしただけですよ。あなたの回復力が凄いんです」

お互いに謙遜《けんそん》し合うダイールさんとマクシムさん。

大人の会話だなぁ。

そうこうしているうちに、目的の場所に到着。

「「「「おおっ！」」」」

初めて来る冒険者やマクシムさん、それにあのテスラさんまでもがその光景に思わず声を上げた。

「素晴らしい……なんと壮大な……」

「絶景とはまさにこのような場所を言うんでしょうね」

普段、薄暗いダンジョンに潜っているダイールさんとレオニーさんは圧倒的な水量を誇る瀑布を眺めながらそう語る。

だが、いつも地上にいるテスラさんやマクシムさんにとっても、このような景色は滅多《めった》に見られないものであり、すっかり視線を外せなくなっている。

「驚いた……これほどとは……」

「観光地として整備すれば人が集まりそうですね」

さすがというかなんというか、テスラさんの視点は俺とまったく同じだった。

しかし、それを実現させるためにはこの地に住んでいると思われる獣人族と接触しなければならない。

できることなら、穏便《おんびん》に話を進めたいところだけど。

うまくいけば、ダンジョン運営に次ぐ第二の産業の可能性がある。それがまさか観光業になろうとは……でも、ちょっと楽しみではあるな。

期待に胸を躍《おど》らせつつ、俺たちは件《くだん》の人々を目撃した場所——崖の真下に流れている川のほとりへ移動することにした。

その崖下への道のりだが、かなり険《けわ》しいものだった。

近づくほど草木の密度が増しており、進むのを困難にしていた。

一応、テントなどの宿泊アイテムは揃えてあるが、これなら途中にあるカルーゾ家の屋敷を住めるように改装した方がよさそうだ。

そう思いつつ、苦労の末にようやく川のほとりまでやってくる。

これまで以上に周囲を警戒したが、特に気配は感じられなかった。

冒険者たちに疲労の色が見え始めたので、一旦ここで休憩をすることに。

「今のところ、危険はなさそうだが……油断はできないぞ」

「どこかで私たちを見ているのかもしれないしな」

「そうだね。念のため、弓矢などによる遠距離からの攻撃にも注意しておかないと」

問答無用でダイールさんを襲ったという事実があるため、彼らが奇襲を仕掛けてくることも十分に考えられた。

――が、三十分ほど周囲を警戒していても、特に動きはない。

「領主殿、そろそろ先に進んでみては？」

「……うん。そうしよう」

ダイールさんからの提案を受け、休憩は終了。

俺たちはゆっくりとだがさらに前進――川のほとりから森に入っていく。

「な、なんだか……不気味だな」

その森は俺たちの住んでいる辺りの森よりも草木が生い茂って鬱蒼《うっそう》としており、まだ午前中だというのに薄暗かった。

やはり、奥へ行けば行くほど道のりは険しくなっていくな。

ここで、先頭はレオニーさんを含めた冒険者三名に交代。

彼らは戦闘用の大型ナイフで行く手を阻む草を切り、道を作りながら進んでいった。他の冒険者は俺やマクシムさんを護衛。ちなみにテスラさんは戦闘要員に数えられていた。まあ、素手でソファを破壊するくらいの人だし、当然っちゃ当然だな。

「まさに未開の地って感じだな」

「さすがのカルーゾ家も、ここまでは調べていなかったようだ」

「あぁ……母上やテレイザさんの話だと、注目していたのは魔鉱石だったみたいだし」

シルヴィアとそんな話をする。

ただ、祖父はムデル族との接触を試みたり、他にもいろいろとやろうとしていた形跡はあるんだよなぁ。

もしかしたら山猫の獣人族とも交流しようとしていたかもしれない。

「っ！」

突如、レオニーさんが足を止め、静かに左手を上げた。

それは事前の打ち合わせで「非常事態」を知らせる合図と決めていたものだが……一体何が起きたのか。

ピンと緊張感が張り詰める中、先行している冒険者のひとりがこちらへゆっくりと近づいてきて状況を説明する。

「足跡を発見しました」

「足跡？」

「えぇ……それも新しいもので、おそらくこの近くにまだいるのではないかと」

できたばかりと思われる足跡……彼らとの距離が着実に近づいてきている何よりの証拠だ。

だが、それは同時により警戒を強める必要があることを示していた。

何せ、不意打ちを食らったとはいえ、ダイールさんを負傷させるほどの戦闘力を有しているのだ。

こちらには非戦闘要員である医師のマクシムさんもいる――どこから仕掛けられてもいいように見張っていないと。

この辺りに姿が見えなくても、相手は獣人族だ。

彼らは俺たち人間とスペックが違う。

人間の感覚では無理なことも、彼らからすれば容易にこなせてしまうことも多いのだ。

例えば――あり得ないくらい遠方から、こちらの様子をうかがっていることだってなくはない。

「……だったら、ここは俺の出番だな」

俺は魔力を錬成すると、地面にそっと手を触れる。

そして――探知魔法を発動させた。

ダンジョン内でも使用した探知魔法。

広範囲を網羅《もうら》するとなるとかなりの魔力を消費するため連発はできないが、今の状況なら使用せざるを得ないだろう。

屋敷でダイールさんが襲われた時には、すでに探知できる範囲外に逃げられたあとだったけど、今ならまだこの近くにいるかもしれない。

そんな希望を抱いて探知魔法を展開した結果――

「っ！　見つけた！」

「ほ、本当か、ロイス！」

「あぁ……ここから北の地点にふたりいる……」

発見したふたりは動く気配がない。

こちらが探知魔法を使っていることに気づいていないようだ――が、向こうがこちらを警戒しているという素振《そぶ》りがあるかどうかまでは把握できない。

「北側……そこ以外には誰も？」

「探知魔法の範囲内には確認できませんね」

「よし……領主殿たちはここでお待ちを。我らは二手に分かれ、挟み込む形で接近を試みたいと思います」

「分かりました」

いざとなったら、シールド魔法で相手の攻撃を無効化できるし、ここでシルヴィアやマクシムさんを守りながら報告を待った。

その時――

「!?」

俺の探知魔法が、背後から急接近する存在を捉《とら》える。

しまった――罠《わな》だ！

「ダイールさん！」

すでに視界から消えかけているほど離れた位置にいるダイールさんへ、非常事態発生を伝えるが……ダメだ。みんなが戻ってくるよりも先に、背後から迫る者がこちらとぶつかる方が早い。

「くっ！」

シルヴィアは剣を抜いて戦闘態勢をとる。

「大丈夫だ、シルヴィア――はあっ！」

俺はシルヴィアとマクシムさんを包むようにシールド魔法を展開する。半ドーム状に広がったこの魔力の盾は、よほど強力な攻撃を撃ち込まれない限り破壊されることはない。

守りは万全。

人の目では追えないスピードを誇っていたにしても、この鉄壁のシールド魔法は崩《くず》せないだろう。

俺とシルヴィア、そしてマクシムさんの三人は襲撃に備えた。

やがて、急速に接近している者の姿が視界に入った。

「あ、あれは……」

前方。

背の高い草の合間に、ピコピコ動く尻尾を見つける。

やはり獣人族……でも、なんだ？

何か違和感を覚える。

屋敷でダイールさんを襲った者より……なんというか……警戒心が薄いというか、行動が雑だ。

隠れているつもりでも、尻尾が見えてしまっているのがいい証拠。それとも、こちらを誘いだそうとしているのか？　……いや、それなら奇襲の意味がない。反撃の準備が整っていなかったあの時に攻撃をされたらひとたまりもなかったが。

相手は戦闘に慣れていない。

あるいは……戦闘目的以外で俺たちに近づこうとした者なのか？

いずれにせよ、俺はシールド魔法をキープしつつ、あの尻尾の持ち主にコンタクトを取ってみることにした。

どう見たって獣人族であることには間違いないはずだが、いやに隙《すき》だらけだ。あの経験豊富なダイールさんに深手を負わせた相手とはにわかに信じがたい。

相手との距離を縮めにかかった——その時。

「!?」

俺の探知魔法が新たな影を捉える。

急速に接近するそれは――は、速い!?

なんてスピードだ！

もしかして、こっちが本命だったのか!?

そう思った直後、ザザザ、と茂みが大きく揺れ動く音が聞こえた。巨大魚が水面を泳ぐ際にできる波紋のごとく、背の高い草が大きく揺れていた。

次の瞬間、茂みから何かが飛びだしてくる。

それは俺を飛び越え、シルヴィアたちの方向に――

「シルヴィア!?」

俺は大急ぎで方向転換し、シルヴィアのもとへと急ぐ。

――が、シルヴィアは俺の展開したシールド魔法の中にいるため、慌てなくても大丈夫だったということをすっかり忘れていた。それくらい、「シルヴィアが標的にされた」という事実が俺にとって衝撃的だったとも言えるが。

「ガン！」という大きな音を立てて、シルヴィアに飛びかかろうとした影は、シールド魔法によって弾き飛ばされた。

すると、ここでようやくダイールさんたちが合流。

「あの時のようにはいきませんぞ！」

攻撃が失敗し、動揺した襲撃犯に立ち向かっていくダイールさん率いる冒険者たち。この場は彼らに任せることにして、俺はシルヴィアに駆け寄る。

「無事か、シルヴィア！」

「あ、ああ、なんともない……ありがとう、ロイス」

「えっ？」

「シールド魔法に守られているにもかかわらず、私を助けに来てくれたんだろう？」

「そ、それは……まあ……無我夢中だったから……」

必死すぎて引かれたかと心配したが……

「危険な場面ではあったが、ロイスが血相を変えて私を心配してくれたこと……とても嬉しかった」

「シルヴィア……」

流れでるなんともいえない空気。

「おほん」

と、俺とシルヴィアの間から咳払《せきばら》いが。

「いい雰囲気のところ申し訳ないが……私がいることを忘れていないかい？」

マクシムさんだった。

……いけない。

本当にマクシムさんの存在を忘れていた。

「まあ、仲睦まじくて何よりだけど」

「す、すいません……」

「な、なんと言ったらいいか……」

俺とシルヴィアは赤面しながら一緒に平謝りを繰り返した。

それからしばらくして、ダイールさんたちが戻ってきた。しかし、その表情は浮かない。メンバーに欠員がいないのは幸いだったが、おそらく標的を見失ったのだろう。

「申し訳ありません、領主殿。取り逃がしてしまいました」

そう言って、首を垂れるダイールさん。

でもまあ、誰も欠けることがなくてよかったよ。

さらに報告を聞くと、襲ってきた者だけじゃなく、俺たちに接近してきた者たちもどさくさに紛《まぎ》れて姿を消していた。

――でも、ひとつ収穫がある。

それは……「彼らはシールド魔法を破れない」ということ。

というより、魔法に対する術《すべ》を持たないと見た方がいいだろうか。

獣人族にもさまざまな種類がある。

身体能力が長《た》けている種族は、魔法に頼らずその高い能力を生かした格闘戦に磨きをかける者が圧倒的に多い。

魔法も覚えられないわけではないが、あの手の種族でマスターしているのは稀《まれ》だ。

あともうひとつ分かったことがある。

間違いなく、この辺りに彼らの住処《すみか》が存在する。

厳密にいえば、俺たちはそこへ確実に近づいていると言えるだろう。

なんとか、こちらに敵対する意思がないことを告げ、交流ができないかどうか、確認をしておきたい。

俺は調査続行の判断を下した。

夜が近づいているのでテントを張り、周辺にはシールド魔法を展開。さらに、いつ彼らが現れてもいいように探知魔法も同時に発動させておく。

「ふぅ……」

俺だけじゃなく、周りのみんなにもさすがに疲労がたまってきた様子だが、ここであきらめるわけにはいかない。

「では、そろそろ夕食にしましょうか」

緊張感が増す中、おもむろにテスラさんがそんな提案をする。

「……そうですね。いつまでも気を張っていても仕方がないですし」

みんなもそれで納得してくれたようだ。

直接口には出さないが、やはり相当体力を消耗《しょうもう》しているらしい。

「では、みなさんが元気になれるような食事を用意します」

冒険者たちが持ってきた食材をテスラさんが自慢の腕で調理し、とてもキャンプ食とは思えない豪勢な夕食が完成した。

「「「「おおぉ！」」」」

冒険者たちから歓声が起きる。

そういえば、彼らは普段テスラさんの料理を食べる機会がないからな。きっと新鮮に映ったのだろう。

「さあ、ロイス様とシルヴィア様も」

「ありがとう」

「いただきます」

持参したコップをテスラさんに渡すと、できたてのスープで満たされて戻ってきた。そこへパンとサラダを合わせれば完璧なキャンプディナーになる。

食事中も当然警戒は怠《おこた》っていないが、探知魔法に反応はない。もう夜だし、彼らは自分たちの住処へ戻ったのかもな。

食事が終わると、シルヴィアが話しかけてくる。

「ロイス」

「どうかしたのか、シルヴィア」

「近くに泉があるようだ」

「……？　あ、ああ」

泉があるのは知っていた。

俺の検知魔法で調べた結果、毒性はなく、飲み水としても利用できるということでこの近くをキャンプ地に選んだ。屋外での泊まり込みにおいて、水源の確保はとても重要だからな。

……でも、なんで今それを？

疑問に思っていると、テスラさんから補足情報がもたらされた。

「今日はかなりの距離を歩きましたから、汗をかいたのでしょう。すでに明日の朝食用と移動時の水分補給のための量は確保していますので……」

ああ、そういうことか。

「水浴びをしてくるかい？」

「……！　あ、ああ！」

「でしたら私も同行しましょう」

「じゃあ、俺が周辺を警護するよ」

さすがに女性ふたりだけで行かせるわけにはいかない。

まだ、あの襲撃犯が俺たちの隙をどこかでうかがっているかもしれないからな。一応探知魔法は継続して展開しているが、その範囲外で行動していないとも限らないし。

「すまない……本当は我慢すべきなのだろうが……」

「気にしないでくれ。シルヴィアも女の子なんだから」

「ありがとう、ロイス」

俺はダイールさんに報告し、追加の警護として女性であるレオニーさんも同行してくれることになった。

実はレオニーさんも密《ひそ》かに水浴びをしたいと思っていたらしい。

それを聞いたシルヴィアからの提案で一緒に泉で汗を流すこととなった。

俺はというと、泉の近くで辺りをうかがう。もちろん、泉に入る三人に目が向かないよう細心の注意を払っての行動だ。

近くには他の冒険者たちもいるから、緊急事態にも対応できる。

「思っていたよりも冷たいですね」

「あら、本当ですね」

「でも気持ちがいいわ～」

楽しげな三人の会話が聞こえてくる中、俺は近くの木の幹に背中を預けつつ、周囲への警戒を続けていた。

――と。

「……シルヴィア様」

「なんですか？」

「立派に成長されていますね」

「っ!?　ど、どこを見て言っているんですか!?」

「胸ですけども？」

「即答!?」

「タッチは可能ですか？」

「不可能です！」

……なんて会話をしているんだ、まったく。

テスラさん、あれは絶対にわざとだな。

「レオニーさんも……なかなかのモノをお持ちで」

「今度はこっちですか!?」

ついにはレオニーさんへと飛び火した。

「何をやっているんだか――むっ？」

暴走するテスラさんに呆《あき》れていたその時、探知魔法が侵入者の存在を捉えた。

「三人とも！　何かがこちらへ近づいてきている！　早くそこから――」

……迂闊《うかつ》だった。

突然の侵入者に驚いて、特に何も考えずみんなの方向へ視線を向けてしまった。

その結果――バッチリ見えてしまったのだ……何もかも。

「「「!?」」」

さすがに三人とも驚いた様子だったが、正直、今はそれよりも泉から出て着替えを優先させてもらいたい。それだけ伝えると、俺はシールド魔法を展開し、ダイールさんたちに非常事態用の笛を吹いて知らせる。

俺は侵入者を迎え撃つため、剣を構えると夜の闇をにらみつけた。

俺の声を聞きつけたダイールさんたちも合流し、俺たちは全戦力で向かってくる者へ挑む。

――と、その時。

「あっ！」

俺は思わず声を上げた。

探知魔法で迫りくる相手の位置を追っていたのだが、その進行方向が突然大きく変更されたのだ。

おそらく、こちらの動きに勘づいたのだろう。

それにしても……やっぱりお粗末《そまつ》だ。

昼間の一件で、こちら側に動きを察知する何かしらの手段があると分かったはずだが、なぜ今回も同じ手で来たのか。

考えられる可能性としては――こちらを誘いだしているという、いわば囮《おとり》の役目を担っているってところか。昼間も、この手の存在が近づいてきたと思ったら、そのあとに本命が来たって感じだったし。

だとすれば、深追いは禁物。

「いかがいたしましょうか、領主殿」

狙い澄ましたタイミングで尋ねてくるダイールさん。

もちろん、俺の答えは決まっている。

「……相手が退《ひ》いたのなら、それでよしとしましょう。俺はシルヴィアたちを呼び戻しに行ってきます」

「お供しましょう。それから、周辺の見張りを増員しておきます」

「そうですね。それがいいと思います」

さすがはダイールさん。

その辺は抜かりなしってわけか。

とにかく、脅威は去ったようなので、シルヴィアたちのもとへと急ぐ。

「ロイス！　敵はどこだ！」

「うわっ！」

血気盛んに飛びだしてきたシルヴィアと思わずぶつかりそうになった。勇敢なのは結構なことだが……上着のボタンが締めきれていないので胸元がチラつく。

「だ、大丈夫だよ、シルヴィア。敵は逃げていった」

「そ、そうか……あ――っ⁉」

俺が慌てて視線をそらしたことで、シルヴィアはようやく自分の服装の乱れに気づいたようだ。ボタンを締め直している間に、テスラさんとレオニーさんのふたりも合流。

「まさか、こんな夜中に襲ってくるとは……警戒をしておいて正解でしたな」

「うん……でも、妙なんだ」

「やはり、領主殿もそう思われますか」

「妙、というと？」

俺とダイールさんが抱く違和感。

それが分からないテスラさんは首を傾げながら聞き返す。表情からして、レオニーさんも分かっていないようだった。

「夜中に奇襲っていう作戦は分からなくもないけど、それなら寝静まったあとにこっそりするはずだと思うんです」

「しかも、あやつらは昼間同じ手を打って失敗している。好戦的という割には戦い方があまりにもお粗末」

「……攻撃かどうかも分からない」

それが、俺の本音だった。

「分からないって……どういうことなんだ、ロイス」

シルヴィアはまだピンと来ていないらしく、そう尋ねてきた。

「向こうが俺たちを近づけさせないつもりなら、もっといくらでも方法があるはず。それなのに、このような手段で接近を試みているのは……戦う以外の目的があるんじゃないかと思うんだよ」

「しかし、昼間のヤツはためらいなく攻撃してきましたぞ」

「……推測の域を出ないけど、向こうでも意見が分かれているんじゃないかな。俺たちと敵対しようとしている派閥《はばつ》と――」

「友好関係を結ぼうとしている派閥がいる、と」

「ああ。俺はそう考えて――っ!?」

会話の途中で、再び探知魔法に反応があった。

一度は範囲外に出て消息を絶《た》ったが、どうやらまた戻ってきたようだ。

「大変だ！　さっきのヤツが戻ってきたぞ！」

「ほ、本当ですか!?」

一度追い払った俺たちが油断していると思って再度仕掛けてきたってわけか？

だが、相変わらず一直線に突っ込んでくるだけ。

それでも油断しないようダイールさんがみんなに呼びかける――が、俺はその手を下ろすように指示を出す。

「ダイールさん……ここは俺に任せてください」

「な、何をするおつもりですか？」

「このままだと同じことの繰り返しになってしまう——向こうが仕掛けてくるっていうなら、こっちからも仕掛けてやろうと思って」

「仕掛ける？　ま、まさか……」

「はい——接触を試みたいと思います」

俺は近づいてきた者に呼びかけてみることにした。

ダイールさんやレオニーさん、さらにはシルヴィアやマクシムさん、それにテスラさんにも止められたが、現状を打破するにはこれくらいしなければ——！

ぼんやりとした月明かりに照らされながら、俺は両手を広げた。

「俺たちに何か伝えたいことがあるのか！」

不可解な動きを見せる謎の来訪者へ、俺は大声でそう告げる。

昼間の件で、俺はひとつの仮説を立てていた。

最初の者は、俺たちに何かを伝えるために接近した。

あとから俺に攻撃してきた者は、まったく別勢力で、何かを伝えるために接近してきた者を妨害する目的があったのだろう。

で、今俺たちに接近してきたのは……おそらく前者だ。

もし、俺たちを攻撃してきた、いわゆる敵対意識のある者ならば、せっかくの奇襲なのにためらうような動きを見せるとは思えない。それどころか、一度退いてからまた戻ってきたことを考慮すると……向こうもこちらの動きをうかがっているように思えた。

だから——俺はあっちの要求に応えることにした。

とはいえ、今の考えのすべては俺の推測だ。

合っている保証はどこにもない。

相手が隙を見て襲いかかってくる可能性だってある。

シールド魔法を展開しているから大丈夫だろうが……それでも、恐怖心がつきまとう。

大声を出したのは、相手に聞こえやすいようにするためという意味があるけど、それともうひとつ——動きを鈍《にぶ》らせる恐怖心を振り払うためでもあった。

さて、向こうの動きは……何もない。

「……アクションはなし、のようですな」

「もしかしたら、もう逃げてしまったのでは？」

ダイールさんとレオニーさんは相手に不信感を募らせているようだが……相手はまだ近くにいる。

さっき確認した地点から一歩も動いていない。

戸惑っている。

俺は相手の動きから、そうした感情を抱いているのではないかと予想した。

……だったら、こっちから歩み寄る必要がある。

俺は両手を広げ、武器を持っていないことをアピールしつつ、相手が潜んでいる位置に向かって歩き始めた。

「!? ロイス!?」

「危険ですぞ、領主殿！」

シルヴィアとダイールさんは俺を止めようとするが、俺の足は前進を続ける。

「俺たちは君に危害を加えない。何か、話したいことがあるなら聞くぞ」

そう告げた直後――目の前の茂みがわずかに音を立てて揺れた。

「……本当ですか？」

すると、想像とは違ったか細い声が茂みの向こうから聞こえてきた。

「あ、ああ、そうだ。俺たちは君と話がしたいんだ」

さらにそう呼びかけると、茂みの揺れが大きくなる。

直後、俺たちの前にとうとうその人物は姿を現した。

「……はじめまして」

控え目な声量で挨拶をしたのは――女の子だった。

年齢はエイーダと同じくらいで、十歳前後。

なんといっても特徴的なのはその――

耳だ。

まるで本人の心情を表しているかのようにピョコピョコと忙《せわ》しなく揺れる猫耳。

やはり彼女は――

「君は……山猫の獣人族だね？」

「はい」

即答。

なんのためらいもなく肯定したのはさすがに驚いたが、逆にその潔《いさぎよ》さが彼女の意志の強さを示していると言えた。その意志とは――俺たちに何かを伝えようとしていること。

「話を聞かせてもらっていいかな？」

「もちろんです。私も、あなた方から聞きたいことがたくさんあります」

「答えられるものならばすべてに答えると約束するよ」

こうして、山猫の獣人族の少女と真夜中の会談が始まった。


ついに顔を合わせて話をすることができた山猫の獣人族。

とりあえず、詳しい話を聞くため、俺とシルヴィア用のテントに来てもらった。ちなみに、俺の他にもダイールさんやレオニーさん、テスラさんにマクシムさんなどなど、ほぼ全員が集まって話

を聞くことになった。

俺たちとの接触を試みていた少女は、名前をコルミナといい、この先にある山猫の獣人族の集落で暮らしているという。

そこにいる山猫の獣人族の数はおよそ五十人とかなり小規模であった。コルミナ曰《いわ》く、年々男子の数が減っているようで、種族滅亡の危機にさらされているという。

かなり深刻な問題を抱えていることが分かったけど……それより気になるのは――

「俺たち人間側の記録では、すでに山猫族は滅んだことになっているんだ」

「それについては知っています」

それはちょっと意外だった。

「……私たちの種族は長らくあなた方人間とは敵対関係にあり、最終的に滅ぼされたことになっていますが――あの時、人間側に戦いを挑んでいたのはごく一部の過激な思想を持った人たちでした」

徐々に涙声となりながら、コルミナは語り続ける。

「中には戦いを好まない、私たちのような者もいます……ですが、人間側との関係悪化に伴い、外へと出ることができず、仲間は散り散りとなってしまいました」

「それでも生き残った者がここでひっそりと暮らしていた、と？」

シルヴィアがそう尋ねると、コルミナは静かに頷いた。

「昼間、俺を襲ってきたあの人は――」

「……兄です。兄は私を心配して……で、でも、普段はとても優しいんです！」

「そ、そうだったのか……」

俺を襲ってきたのはコルミナの兄さんだったのか。

人間が山猫の獣人族に対していい感情を抱いていないと知っていたから、接触を試みていたコルミナを心配して――それにしても、手を出すのが早すぎる気もするが。

まあ、それくらい俺たち人間に対して敏感になっていたということだろう。そうなると、今後接触する際はより注意を払う必要があるな。

「では、屋敷でダイール殿を襲ったのも君のお兄さん？」

今度はレオニーさんが尋ねる。

「たぶん……兄だと思います。あそこへは、薬を探しに行っていたんです」

「薬？　何か、病気でも流行っているのか？」

「いえ、そうではなくて……一ヶ月ほど前から、私たちの住んでいる集落の近くに大型のモンスターが居着いたようで……」

「えっ⁉」

それは初耳だった。

ここから俺たちのいる麓の村まで距離はあるが……このまま放置しておけば、こちらにも被害が及ぶ。放っておくわけにもいかないだろう。

「兄さんは仲間たちと一緒に討伐に向かったのですが、命からがら逃げだすのがやっとの状態で……その際、多くの負傷者を出してしまいました」

「もしかして……あなたが我々に接触を試みたのは、その負傷した者たちを助けてもらおうとお願いするためでしたかな？」

「その通りです」

ダイールさんの言葉に頷くコルミナ。

そういうことなら……

「じゃあ、俺たちが協力しよう」

「っ！　ほ、本当ですか⁉」

「ああ。俺は治癒魔法が使えるし、医師もいる。それに大型のモンスターがいるというならこのまま放ってはおけない。俺たちの住んでいる村にも、姿を現すかもしれないしね」

「ありがとうございます！」

深々と頭を下げるコルミナ。

相当切羽詰まった状況だったらしい。

俺たちとしても、これをきっかけに彼らと協力できればと考えていた。一緒にモンスターを倒せば、これまでのわだかまりも多少は晴れるかもしれないという望みが出てくるからな。

「とりあえず、今日はもう遅いから休もう。明日になったら、君の住む集落まで俺たちを案内してくれ」

「はい！」

元気を取り戻したコルミナは力強く返事をする。

さて、大型のモンスター……一体、どんなヤツなんだろう。

◇◇◇

夜が明けた。

あれから、コルミナのお兄さんによる襲撃はなく、交代で見張りをしながら体力の回復を図った。

「うーん……いい朝だ！」

テントから出て、体を伸ばす。

木々の合間から差し込む朝日を浴びれば、眠気も吹っ飛ぶよ。

「おはよう、ロイス」

「ああ、おはよう、シルヴィア」

スッキリとした目覚めを味わっていたら、同じテントからシルヴィアが出てきて朝の挨拶を交わす。

——そう。

俺とシルヴィアは同じテントで一夜を過ごした。

昔なら、それだけでだいぶ緊張していたのだろうが、少しずつ慣れてきたのか、昨夜はふたりでいろんなことを話しながら過ごした。次の日も朝早いから、それほど長い時間話していたってわけじゃないけど……楽しい時間だったなぁ。

ちなみに、コルミナはレオニーさんのテントで寝ている。

最初は不安そうにしていたが、レオニーさんが優しく接してあげたことで安心したようだ。


軽く朝食を済ませると、俺たちは山猫の獣人族が暮らす集落へ向けて出発した。

コルミナの話では、俺とシルヴィアが以前発見したあの滝つぼの近くにあるらしい。

「しかし……当然なんだけど、近くで見るとより迫力が増すな」

移動中、何度も例の巨大な滝に視線を奪われた。

それほど圧倒的な存在感を放っているのだ。

よくもまあ、これほどの存在に今まで気づかなかったな……

とはいえ、あの辺り一帯を人が生活できるレベルまで伐採し、ギルドやら宿屋やら、関連する建物を造ったり、その間も魔鉱石の違法採掘現場や母上の実家など、あっちへ行ったりこっちへ行ったりしていた。こちらの方角まで足を運ぶ時間なんてなかなか取れなかったものな。

「見えました！　あそこが私たちの集落です！」

出発してからおよそ一時間後。

山猫の獣人族が住む集落にたどり着いた。

そこは滝の水が流れ込んでできた川のほとりにあり、住居と思われる石造りの建物が点在していた。

「さて……それじゃあ、あそこへ行くわけだけど……」

「さすがにこの数で向かうわけにはまいりませんな」

ダイールさんの指摘通り、武装した屈強な成人男性が大半を占める今のメンツであの集落へ向かえば、相手を警戒させてしまう。かといって、あまりにも人数が少なければ、それはそれでちょっと心配だ。

結局俺とシルヴィア、そしてダイールさんとマクシムさんの合計四人が集落へ向かうことになり、レオニーさんやテスラさんはこの場で待機することとなった。

「よし。行くとするか」

「お気をつけください、ロイス様」

「心配ないよ、テスラさん」

感情を顔に出さないテスラさんが、珍しく不安げな表情をしている。それでも俺を無理に止めることをしないのは——言っても無駄だと分かっているからだろう。

山猫の獣人族と良好な関係を築くことは、決してあと回しにはできない事柄だ。

これから、健全な領地運営をしていくためにも、彼らとは一度じっくりと腰を据《す》えて話す必要がある。そう判断したから、俺は危険を承知で乗り込んだ。

使者を送るのではなく、直接俺が出向いた方がダイレクトにあちら側の意見を耳にすることができるからな。使者に任せて変なすれ違いが発生しないとも限らないし。

気を引き締めつつ、集落へ向かっていくと——山菜を採っている女性を発見。

その頭にはコルミナと同じように、猫耳がついていた。

「フルル！」

「えっ？　コ、コルミナ⁉」

コルミナは女性の名を口にし、駆け寄る。

女性の視線はコルミナへと向けられ——続いてコルミナの背後にいる俺たちにも向けられた。

「に、人間……⁉」

途端に、女性は青ざめる。

その目は明らかに恐怖で歪んでいた。

……人間に対してあまりよくない印象を抱いているようだ——それは事前に分かっていたことだが、反応が想定以上だったためちょっと面食らったっていうのが本音だ。

「大丈夫よ、フルル。この人たちはいい人たちだから」

「そ、それは……」

フルルという女性はついに震えだしてしまった。

少人数で来たのは正解だったな。

この人数でこんな反応だと……あの強面《こわもて》な冒険者たちを目の当たりにしたら、失神してしまうかもしれない。

「あ、あの、俺たちは君たちに危害を加えに来たんじゃないんだ」

とりあえず、俺が話のきっかけを持っていかないと。

「俺の名前はロイス。ロイス・アインレットだ。新しくこのジェロム地方の領主になった者です」

「りょ、領主……？」

相手を落ち着かせるよう、笑顔でゆっくりと自己紹介をする——と、フルルさんの表情から少し固さが取れた。

「こ、この地には領主の人間はいないと聞いていましたが……」

「まあ……いないも同然だったんですけど、ついこの前、新しく領主となりまして……霊峰ガンティアの麓に小さいながらも村をつくって暮らしています」

「じゃ、じゃあ、ここにもたくさんの人間が!?」

俺たちが村をつくって暮らしていることを知ったフルルさんは再び大きく動揺した。

村があるということは、それだけ多くの人間がいる——そう解釈してパニックになったようだ。

それほどまでに人間を怖がる理由……それはやはり、過去に同族が起こした大規模な暴動にあるのだろう。

山猫の獣人族は好戦的な性格をしている者が多い。

だが、中にはコルミナやフルルさんのように、大人しく静かに、人目につかないよう暮らしている者もいる。

そんな彼女たちにとって、人間に見つかるというのはたまらない恐怖だろう。

人間側からすれば、かつて暴動を起こした種族の生き残り——いい感情を抱いていないと考える方が自然といえる。

だから、フルルさんはあんなに怯《おび》えているんだ。

俺はそんなことはないとフルルさんに強く訴えた。

あくまでも領主として、このジェロム地方にある霊峰ガンティアのことをもっと知っておきたいと思った。そんな中で、俺は山猫の獣人族についての情報を得たのだ。

「できれば、俺たちは山猫の獣人族と良好な関係を築きたいと思っているんです」

「りょ、良好な関係……」

過去に自分たち以外の人間とは一切交流を持たなかったムデル族とも仲良くなれたという例もある。山猫の獣人族たちは、人間と確執を持ってはいるが、コルミナとの交流からきっといい関係を築けるはずだと俺は確信していた。

だから、なんとかして信頼をしてもらうしかない。

そのためには行動あるのみだ。

「コルミナから聞きました。今、そちらの村では怪我人が続出しているとか」

「っ⁉　え、えぇ……」

「俺は治癒魔法が使えますし、こちらのマクシムさんは医師です。怪我人の治療ができます。俺たちを村へ案内していただけませんか？」

俺は必要な情報だけを述べて、フルルさんからの回答を待った。

すると、声を震わせながら、フルルさんは尋ねてくる。

「……本当に、助けていただけるのですか？」

……どうやら恐怖への対象である人間の手も借りたいほど、事態は切迫しているようだ。

「案内してください。全員救ってみせます」

真っすぐフルルさんの瞳を見つめながら言うと、彼女は静かに頷き、「こちらです」とコルミナと一緒に俺たちを村へと案内してくれることに。

やがてその村にたどり着いたのだが――そこには想像を絶する凄惨《せいさん》な光景が広がっていた。

「うぅ……」

「ぐぅ……」

あちこちから、男性のうめき声が聞こえてくる。

これが……大型モンスターによる被害の影響なのか。

俺たちが何も言えずに立ち尽くしていると、近くにあった家からひとりの男性が出てきた。彼の腕や足には包帯が巻かれており、それにはうっすらと血がにじんでいた。

ふらふらとした足取りで進む男性のあとを追うように、今度は女性が家から飛びだしてきた。同じ家に住んでいると思われる男女――夫婦か？

「ダメよ！　安静にしていなくちゃ！」

「だが……食料を取ってこないと……」

「私なら大丈夫だから……！」

「バカを言え……お腹の子のためにも……たくさん栄養を取らないと……」

その言葉を耳にしてハッとなる。

よく見ると、女性のお腹はかなり大きい――妊婦だったのだ。

「もう何日もまともな食事をしていないだろう？」

「それは……」

「俺の命をその子に捧げる……大切に育ててやってくれ」

「待って！　行かないで！」

制止する女性を振り切り、森へ食料調達へ向かおうとする負傷した男性。

俺は……そんな彼の前に立ちはだかった。

「……!?　に、人間!?」

突然現れた人間――俺を目にした男性は思わずといった調子で大声を上げる。

驚いたせいで全身に痛みが走ったらしく、彼はその場にくずおれてしまった。

「すぐに助けます」

俺は男性に向かって手をかざし、治癒魔法をかける。治せる傷の程度に関しては限度があるけど、この人は大丈夫。助けられる。

淡く輝く青白い光に包まれた男性。

包帯の巻かれていない部分にある傷はふさがり、血色もよくなった。治療が終わると、男性は立ち上がり、自身の両手をしげしげと見つめる。

「ど、どうなっているんだ……」

「痛みはありませんか？」

「えっ？　あ、ああ」

「ならよかった。俺の治癒魔法がきちんと働いたようで」

「治癒魔法？　人間のあんたが……俺を癒してくれたというのか？」

「はい」

俺は即座に返事をした。

その様子を見ていた奥さんは夫の怪我が治ったことに感激し、涙を流す。

するとその時。

「あっ！　うっ、うぅ……」

今度は奥さんの方が苦しみながらうずくまってしまう。

見たところケガをしていた様子はない……ということは！

「産気づいたのか！」

真っ先に奥さんへ駆け寄ったのは医師のマクシムさんだった。

「あいにく出産は専門ではないのだが……」

そうは言ったが、苦しそうな息遣いの奥さんを放ってはおけなかったようで、マクシムさんはゆっくりと彼女を抱き起こす。そして遅れてやってきた夫である男性に尋ねる。

「この村に医者は？」

「い、いや、いない。だけど、長老が出産の手伝いを――」

「なら、すぐにその長老を呼んでくるんだ……直《じき》に生まれるぞ」

「っ!?　わ、分かった！」

男性は「長老ぉ！」と叫びながら大慌てで駆けていった。

「とりあえず、家の中へ運んで横にしよう。手を貸してくれ」

「は、はい！」

「分かりました！」

近くにいたコルミナとフルルさんに手伝いを求めるマクシムさんと、それに応じるふたり。

いきなりとんでもない事態になったと、残された俺とシルヴィア、ダイールさんは顔を見合わせる——その時だった。

「おい！」

突然響く怒号。

振り返ると、そこにはひとりの若い男性が立っていた。

あの猫耳……彼もまた、山猫の獣人族か。

「なぜてめぇら人間がこの村にいる……？」

そう告げて、鋭い爪を俺たちに向ける。

明確な敵意のこもった瞳……どことなく、その姿には見覚えがあった。もしかして、あの人がダイールさんを襲った、コルミナのお兄さんなのか？

「なぜ人間がこの村にいるかと聞いているんだ！」

目を吊り上げ、口元から牙《きば》をのぞかせ、両手両足は今にもこちらへ飛びかかってきそうなほど力が込められている。

全身から込み上げてくる敵意——間違いない。彼がコルミナの兄で、ダイールさんを襲った張本人だ。

「答えろぉ！」

咆哮《ほうこう》のごとき叫び声が村中に響き渡ると、あちこちから村人たちが集まってきた。

「に、人間⁉」

「なぜここに人間が⁉」

やはり、村人たちの関心は俺たちに向けられている。

「答える気がないなら……三人揃って食いちぎってやる」

牙をむき出しにして、飛びかかろうとするコルミナのお兄さん。

だが、その時。

「やめんかぁ！」

またも聞き慣れない声。

振り返ると、そこにはコルミナとフルルさんに連れられたひとりの老人がいた。

おそらく……あの人が長老か？

「ジジイ、邪魔してんじゃねぇよ」

爆発寸前のコルミナのお兄さんは鋭い眼光で男性をにらみつける。思わず体がビクッと強張ってしまうほどの迫力——だが、相手も負けてはいなかった。

「バカ者！　まだ気づかんのか！　貴様のその迂闊な言動が、我ら一族を危機にさらしておることに！」

「あ？」

「何度も教えたはずだぞ、ディラン！　すべての人間が我らの敵ではない、と！　そして見境なく襲えば、相応の報復が待っているともな！」

「ディランお兄ちゃん……」

「……ちっ！」

コルミナのお兄さん――ディランさんは、長老とコルミナを交互に見やったあと、その場から走り去った。

「申し訳ありません。あのバカにはあとできつく言っておきます」

「あっ、い、いえ、そんな」

落ち着いて会話ができそうな長老さんが来てくれてよかった……あのまま一触即発の空気が続いていたら、どうなることかと心配したよ。

「先ほどは産気づいた仲間を助けてくださったそうで」

「あっ！　そうだ！　大丈夫でしたか！」

「はい。あなた方のお仲間が的確な処置をしてくれました」

さすがはマクシムさんだ。

「彼の話によれば、あなたが新しいこの地の領主であるとのことでしたが……」

「そうです。新しく領主となりました、ロイス・アインレットです」

「アインレット⁉」

俺の名を聞いた途端、長老は驚きに目を丸くする。

なんだ……？

アインレット家を知っているのか？

「お、おい、アインレット家って……」

「あ、ああ……あのアインレット家だ」

「なんてことだ……」

「では、あの少年は……」

他の山猫の獣人族たちも、アインレットという名前に覚えがあるらしく、ざわつきが大きくなった。

アインレット。

……自分の家をこんな風に言うのもなんだが、前々からあまりいい噂は聞かなかったからなぁ。

母上の実家であり、闇市場がはびこっていたバーロンを立て直したカルーゾ家とは天と地ほどの差があると言ってもいいかもしれない。

「俺の家と……過去に何かありましたか？」

「い、いえ、それは……」

長老は言い淀《よど》んだ。

あまり口にしたくない事情があり、不意打ちのようにその事情の関係者が現れたことで、思わず反応してしまったのだろう。

だが俺としては、このまま聞かなかったことにはできなかった。

おそらく、関係があるとするなら——先代領主か？

——だが、真実は思わぬ方面からアプローチしてきた。

「アインレット家と申しますと……カルーゾ家ともつながりが深い、と？」

絞りだすような弱々しい口調で長老が口にしたのは——母上の実家である、カルーゾ家の名前だった。そういえば、俺たちがディランさんと初遭遇したあの屋敷はもともとカルーゾ家の持ち物だったたな。

「もしかして……あなた方山猫の獣人族はカルーゾ家と関わりが？」

「え、えぇ」

……なるほど。

そういうことか。

「実は、俺の母親がカルーゾ家の血を引いているんです」

「っ⁉　では、あなたはミーシャの⁉」

その名前には聞き覚えがあった。

ミーシャって、確か……

「……ミーシャ・カルーゾは、俺の母方の祖母の名です」

「なんと⁉」

周囲は途端に騒然となった。

そうか……この集落の人々は、祖母に会ったことがあるのか。

「あの心優しかったミーシャの孫……そう言われてみれば、どことなく面影がある」

長老の目にはうっすら涙が見えた。

心優しい——そういった評価をするあたり、祖母ミーシャ・カルーゾはいいイメージを持たれているようだ。

「我らを山猫の獣人族であると知りつつ、産気づいた仲間を助けてくれた……そういう行動もまた、彼女の血を引いている証拠だろう」

「えっ？　ど、どういうことですか？」

「話の続きはうちでしませんかな？　おもてなしをさせてください。お仲間の方々もご一緒に」

俺たちは長老から誘いを受ける。

気がつくと、周りにいる人々の表情も柔らかくなっていた。

……それくらい、祖母ミーシャの影響力が絶大ってことなのか。

彼らとの交流を深める目的でここまで来たのだが……こうなってくると、祖母の話をもっと聞いてみたくなった。

俺よりも先にこの地を訪れた祖母は、何を思い、そしてどんな行動を取ったのか。それは、俺の領地運営にも大きな影響を与えてくれる気がした。


場所を長老の家に移し、話を再開する。

ちなみに、コルミナとフルルさんはマクシムさんと一緒に出産の手伝いをするため、現在は別行動。それから、村に迎え入れてもらったことを待機しているテスラさんやレオニーさんたちに伝えるため、ダイールさんが一旦離脱することに。

長老の家で行われる会談には、俺とシルヴィアのふたりで参加することになった。

「ミーシャ・カルーゾ……彼女には深い恩義があるのです」

開口一番、長老はそう語った。

「祖母はいつからこの村へ？」

「魔鉱石の採掘を行うため、調査をしに来たという人間たちについてきていたようだから……かれこれ五十年近く前の話になりますか」

そ、そんなに昔の話なのか。

ということは、アインレット家とカルーゾ家が関わりを持ったのは、バーロンを立て直すよりも前ってことになる。

マーシャルさんの話では、あれに騎士団も関与していたらしいし、まだ貴族でなかった祖父のアダム・カルーゾが騎士団へ働きかけることができたとなると、霊峰ガンティア絡みでアインレット家と親密になり、地位を押し上げていったと考えられるな。

そう考えると、うちの両親の結婚なんかは、両家のつながりを深める政略的な意味合いも含まれていたっぽい。

「医者志望だという彼女は森でケガをした我が同胞の子どもを保護し、その子の案内でこの村へやってきたのです」

それがすべての始まりってわけか。

祖母が医者志望というのは初めて聞いたな。

「彼女は我々にいろんなことを教えてくれました。擦《す》り傷に効く薬草や、腹痛を癒す木の実など……今の我らがいるのは、彼女のおかげと言って過言ではありません」

なるほど。彼らに医療的な知識を与えたらしい。

そりゃあ、感謝するよな。

ミーシャ・カルーゾ。

会ったことはないけど、あの肖像画を見て抱いた印象の通り、優しい女性であることは間違いないようだ。

それに、今までずっと人間という種族と敵対していた山猫の獣人族たちにとって、祖母の存在はそうした意識をごっそり変えてくれるものになったようだ。

……意外なところで、俺は祖父だけでなく祖母の助けも受けていたらしい。できれば、生前に一度でもいいから、ふたりに会ってみたかったな。

長老との話し合いはその後も和《なご》やかに進んだ。

しばらくすると、ダイールさんに連れられてテスラさんやレオニーさんたち、それにずっと荷物を運搬してくれていたマックも村にやってきて合流する。最初は山猫の獣人族たちに警戒心を持っていたようだが、俺たちの姿を発見するとみんなホッと息をついた。マックなんて、あっという間に村の子どもたちの人気者になっている。

「ご無事でしたか、ロイス様」

「テスラさんは相変わらず心配性だなぁ」

いつもと同じように、表情の変化はあまり見られないが、少人数で村へ行ったことをずっと心配していたようだ。

あとから来た面々は、俺たちを好意的に出迎えてくれた山猫の獣人族に驚いた様子であったが、ちょうどその時、コルミナが血相を変えてやってきた。

「生まれましたぁ！　元気な男の子です！」

先ほど産気づいて運ばれた女性が、無事に出産を終えたと報告しに来たのだ。

これにより、村は一気に活気づく。

事情を知らないテスラさんたちは突然大盛り上がりする山猫の獣人族にまたも驚いたようだが、

新しい命の誕生と聞き、納得したようだ。周りにいる村人の数を見れば、子どもが生まれるというのがいかに重大な出来事であるか、すぐに理解できる。

「そうか……生まれたか……今日は宴会だな」

長老は感極まっており、その声は震えていた。

偶然とはいえ、感動の瞬間に立ち会えた俺としても、なんかこう……グッと胸に来るものがあるな。

「赤ちゃんか……」

気がつくと、俺のすぐそばにシルヴィアがいた。寄り添うように体を引っつけて、それに驚き視線を動かすと、そのシルヴィアとバッチリ目が合った。

「私たちの間にもいつか……子どもができるんだな……」

俺の目をしっかりと見つめて、シルヴィアは言う。

……元々は政略結婚のような形だったが、俺としても今となってはもうシルヴィア以外の女性は考えられない。

とはいえ、今はまだお互い十代半ばと若いし、まだまだ領地運営は道半ばの状態――ゆえに、後継ぎはだいぶ先になりそうだ。

「あぁ……きっと、女の子ならシルヴィアに似た美人になるだろうな」

「男の子ならロイスのような凛々《りり》しい子になるな」

「その時は私がお世話係をさせていただきます」

「「うわっ!?」」

俺とシルヴィアの間から、テスラさんがスッと顔を出す。

「おふたりのイチャイチャをお邪魔して大変心苦しいのですが……長老様が声をかけたくてもかけられずに困っていらしたので、つい」

「えっ？」

テスラさんに言われて振り返ると、確かに長老は苦笑いをしてこちらを見つめていた。

……ついついふたりだけの世界に入り込んでしまっていたな。

「す、すいません、長老……何かありましたか？」

「い、いや、今日は宴会をするので今から準備をするのですが、あなた方も参加されて行きませんか？」

「ぜ、ぜひ！」

山猫の獣人族から宴会のお誘いを受けた。

当然、俺はそれを受け入れる。

宴会なら、うちのメンバーだって大好きだからな。

ただ、気になるのはコルミナのお兄さんであるディランのことだ。

あれから姿を見ていないけど……あっちはあっちで、何やら深い事情がありそうだったからな。

時間はかかるかもしれないが、これからもっと交流を深めていきたい。

いつか、両種族にとって、実りある関係を築くためにも。

◇◇◇

宴に参加する前に、家から出られないほど酷いケガを負った住人を一人ずつ治していく。幸い、みんな命に別状がなかったので本当によかった。ただし、あと一週間もすればどうなっていたかは分からない。ギリギリのタイミングだと言えた。

そして山猫の獣人族の集落で迎えた宴会。

残念ながら、コルミナの兄であるディランさんはあれから行方がつかめず不参加となった。捜さなくても大丈夫かと長老に尋ねたが、「いつものことです」とあっさり返された。

ディランさん以外の村民は全員参加となった。

新しい命の誕生と、これまで敵対関係にあった人間との和解――と言っても、俺たちは初めて会うので、こちらとしては和解というより交流って方がしっくりくる。

最初はどちらもぎこちなさが見られたが、酒が入ればあとは心配無用。

今ではお互いに肩を組んで上機嫌だ。

「うまくいってよかったな、ロイス」

「ああ……本当によかったよ」

一時はどうなるかと思ったが、数々の心配が杞憂《きゆう》に終わって何より――いや、まだディランさんの件もあるし、完全に解決というわけではないか。

襲撃の被害者であるダイールさんは、態度に出さなかったけど、やっぱり少しは遺恨《いこん》がある感じだったし。

「それにしても……これだけの数の獣人族は初めて見たな」

大騒ぎしている人々をしげしげと眺めるシルヴィア。

村人としての数は少ないが、獣人族という視点から見ると確かに数は多い。

「そういえば、山猫の獣人族って、普通の猫の獣人族と何が違うんだろう」

「一般的には、山岳地帯という過酷な環境で生活しているので、山猫の獣人族の方が優れた身体能力を有していると言われています」

俺たちの横にいたテスラさんが追加情報を与えてくれた。

「どこでそんな情報を……」

「知人のメイドに猫の獣人族がいるので」

「そうなの⁉」

意外な新事実だ。

「以前、まだイローナ様の専属メイドだった頃、とある貴族の舞踏会に招待されまして、そこでお会いしました」

「へぇ」

「彼女はその優れた身体能力を生かし、お世話をしている当主のご子息に体術を教えていたそうです」

「人間ともうまくやっていたんですね」

「多くの獣人族は人間社会に順応しています。もっとも、山猫の獣人族のように、人間という種族を毛嫌いして一切の交流を絶っているところもありますが」

「そうなんですね……」

ちょっと残念な情報だな。

せっかく同じ世界に暮らしているのだから、手を取り合って仲良く暮らしていけたらいいのだが……政治的な思惑もあったりして、なかなか難しいのだろうな。

でも、俺の領地ではそのようなことをなくしていきたい。

種族の壁を越えて、お互いが幸せに暮らせるような土地――それを目指していけたらいいと思う。

「……うん。だいぶ具体的な方向性が見えてきたな」

「ん？　何か言ったか、ロイス」

「なんでもないよ、シルヴィア。それより、おいしそうな料理が運ばれてきたぞ」

小声での決意表明を終えると、俺たちは村の人たちが用意してくれた宴会料理をいただくことに。

内容は魚や山菜がメインのようだ。

その味はというと……

「うまい！」

シンプルだが、このひと言にすべてが集約されている。

「本当においしいな、ロイス」

どうやらシルヴィアも山猫の獣人族の料理を気に入ったらしい。

食べ慣れない独特の味付けだが、どんどん食べられる。

決して淡泊ではなく、素材の旨味《うまみ》がしっかり出ているのだ。万人受けする味とでも言えばいいのだろうか。

「これは……是非ともレシピを教えていただきたいものですね」

テスラさんも絶賛している。そしてあまりのおいしさに、メイドとしての本能がレシピを求めだした。

でも、そうなるのも頷けるくらい、本当においしいもんなぁ。

「いかがですか、我々の料理は」

俺たちが食事をしていると、長老がやってくる。

「とてもおいしいです！」

「おお、それはよかった。お口に合って何よりです」

優しげに微笑む長老。

その頬はわずかに赤くなっている。長老自身も、今日の宴会を楽しんでいるようでよかったよ。

――って、楽しさで忘れるところだったけど、この村に甚大《じんだい》な被害をもたらしているモンスターの存在があったんだった。

そっちの解決策も考えていかないとな。

◇◇◇

楽しい宴会から一夜が明けた。

まだ朝霧が立ち込める時間帯でありながら、山猫の獣人族たちは精力的に動いている。ケガ人は多いのだが、畑仕事などをする分には問題ないそうだ。その体力の高さに驚かされる。

さすがに短期間で全員を一気に治療することは難しいため、マクシムさんとも相談して今後はケガの程度がひどい人から順番に診《み》ていくことにした。

でもまぁ、危険な人は昨日のうちに治したからひとまずは安心かな。

「早朝だというのにみんな元気だなぁ」

「活気があって何よりだ」

テントから出て村を見て回っていた俺とシルヴィアは、素直な感想を口にした。

――ちなみに、俺たち人間組は持参したテントで夜を過ごした。

というのも、全村民の家にひとりずつ泊まったとしても、同行したすべての人間が収まりきらなかったため、ならいっそみんなテントで寝るかという流れになったのだ。

ダイールさんやテスラさんは、俺とシルヴィアだけでも長老の家に泊めてもらった方がいいのではと提案してくれたが、さすがにそういうわけにもいかない。

領主である俺とその婚約者は特別待遇されるべきと言われたが、少なくともそういう気遣いは、このジェロム地方にいるうちは無用だ。

シルヴィアも俺と同じ考えだったようで、一緒にテントで一夜を共にした――って言うとなんだかいかがわしく聞こえてくるが、特にこれといって何かあったわけじゃない。いつも通りだ。

「ああ、すいません。起こしてしまいましたか」

俺とシルヴィアの姿を発見した長老が声をかけてきた。

「いえ、そういうわけじゃないですよ。それにしても、朝早くからみなさん元気ですね。今シルヴィアと話をしていたのですが、まだケガが完全に癒えてないのに、とても賑やかで活気があります」

「今日は珍しいですよ。きっと、みなさんのおかげです」

「えっ？　俺たちの、ですか？」

「我らにとって、人間とは元々恐怖の対象でした。しかし、あなた方はまるで違う。私たちと普通に接してくださった。あなたのような方が領主になってくださって、この村の者たちは感謝しているのです」

そうだったのか。

……俺としては追いだされた身であるため、そんな大層な存在であるとは言えないが、この村の人たちのためになっているのであればよかった。

山猫の獣人族たちとの交流——かなり困難な案件だと思っていたが、想像していたよりもすんなりと達成できそうだな。

「そういえば、お連れになったメイドさんがうちでみなさんの分の朝食を作る手伝いをしておりましたよ」

「テスラさんが？」

相変わらず馴染むのが早いな。

そういえば、猫の獣人族のメイドさんと知り合いって言っていたっけ。

事前に経験があったからこそ、ジェロム地方の環境に馴染むよりはよっぽどすんなりできたのかもしれない。

「朝食は私の家で食べて行ってください」

「ありがとうございます」

「私はダイールさんたちに声をかけてこよう」

「あっ、俺も行くよ」

駆けだしたシルヴィアを追いかけようとした――その時。

「グアアアアアアアアッ！」

上空からけたたましい咆哮が轟《とどろ》いた。

「な、なんだ!?」

「モンスターか!?」

俺はシールド魔法を展開しようと魔力を練り、シルヴィアは剣を抜いて構えた。その横では長老が青ざめた表情で空を見つめる。

よく見ると、長老だけじゃない。

さっきまで笑顔と活気であふれていた村は、一瞬にして恐怖と絶望の色に塗りつぶされていた。

彼らはしばらくその状態のまま待機していたが、それから何も起きなかったので鳴き声の主が通り過ぎていったと判断し、警戒を解いた。

「あれが……例のモンスターですね」

「……はい」

力なく頷く長老。

あの鳴き声のボリュームからして、想像を絶する巨体の持ち主らしいことが分かる。

これは……かなりの難敵だな。

◇◇◇

山猫の獣人族たちを襲う正体不明の謎のモンスター。

本来ならば、専門家である王国騎士団へ討伐依頼を出すところだが……やはり、長老はその提案に難色を示した。

提案しておいてなんだが、俺としても例の違法採掘の件があるため、全面的に王国騎士団を信用するわけにはいかなかった。騎士団と双璧《そうへき》を成す魔法兵団の方に協力を求めるという手も考えたが、あっちにはビシェル兄さんやキャロライン姉さんがいる。

ふたりとも、すでにエース級の活躍をしており、兵団内ではそれなりに評価を受けているようだが……だとしても、俺が助けを求めているという一報を聞いて動いてくれるかといえば答えはノーだし、なんだったら邪魔してきそうな気さえする。

そうなってくると、やはり頼りになるのはマーシャルさんだ。

あの人の部隊ならば信頼できる——が、あっちはこの前の魔鉱石違法採掘事件の調査で多忙を極めているだろうからなぁ。

しかし、事は急を要する。

きっと、王国へ本件を報告しても会議やらなんやら通さなくちゃいけないから、実際に騎士団が動くのはだいぶ先になるだろう。この辺の組織体質は、さすがのマーシャルさんでもどうしようもない。

——だったら。

「俺たちでそのモンスターを撃退できないものか……」

長老宅で、俺はそんな言葉を呟いた。

「あの怪鳥を……それは無理かと思います」

長老の表情が再び青ざめ、あっさりと討伐を断念する。

それだけで、その怪鳥とやらがこの村に及ぼしている影響が読み取れた。

これはただちに対処しなければならない。

山猫の獣人族を救いたいという気持ちもあるし、そのモンスターを放置しておくことはこのジェロム地方にとって大きなマイナスでしかないと判断したからだ。

——なら、やるべきことはひとつ。

「けど、このままにしてはおけません。やはり、ここは俺たちでその怪鳥を倒します」

「……それしかないな」

「ですな」

どうやら、シルヴィアとダイールさんも同じ考えだったらしい。

「そ、そんな！　危険ですよ！　あなた方はまだあの怪鳥の脅威を知らない！」

声を荒らげる長老。

心配してくれているのは十分伝わってくる――が、領主として、ここで退くわけにはいかない。麓で暮らす人々もそうだし、この山猫の獣人族の村だって、ジェロム地方にある以上は俺の領地であり、彼らは領民だ。

領民を守るのは領主の務め。

その役割を果たさなくてはならない。

「強敵であることは重々承知しています。ですから、敵を討《う》つためにもまずは相手の情報を仕入れたいと考えています」

「じょ、情報ですか……？」

「先ほどの鳴き声が遠くなっていく方角からすると……どうやらヤツは山の中腹辺りに巣をつくっているようですな」

「え、えぇ」

ダイールさんの推測は当たっているようだった。

となれば、そこを目指して進むことになるな。

「その怪鳥と交戦した経験のある村人たちから話を聞きたいと思います」

「構いませんが……やはり、危険では？　あなたたちは人間ですし……」

「大丈夫ですよ――俺の無属性魔法とみんなの力を合わせれば、きっと討伐することは可能です」

怪鳥――つまり、相手は鳥型モンスター。

となれば、俺たちがもっとも注意を払わなければいけないのは、上空からの攻撃だろう。対空手段が必要となる。山猫の獣人族はその点において打つ手なしだったため、甚大な被害を受けたのだと俺は分析した。

その点に関しては秘策がある。

俺の無属性魔法の中でも使い勝手のいい、重力魔法と拘束魔法だ。このふたつで飛び回る怪鳥の動きを封じ込めたあとは、全員の一斉攻撃で倒す。

敵の生態や地形的特徴など、解決すべき不安要素はまだまだあるが、とりあえず作戦の骨組みとしてはこれでいいだろう。

「こうなってくると……さらに戦力が必要だな」

村人の中でも、戦闘能力に長けた若者の大半は負傷している。治療は施して命の危機は脱しているが、まだ戦闘をこなせるまでには回復していない。

俺の無属性魔法は基本的に補助効果がメインであり、攻撃に転用できるものが少ないため、今のままでは火力不足は否めない。

どうしたものかと悩んでいたら……

「ディランがいてくれたらなぁ……」

村の若者がポツリと呟く。

詳しく話を聞くと、ディランさんはこの村の中でもっとも強い男だという。

あのダイールさんに重傷を負わせるくらいだから、それも納得だ。

となると、彼の協力を得られれば百人力なのだが……あの態度を考えたら、それは望み薄と言わざるを得ない。

「……フルズさんに呼びかけてもらって、もっとメンバーを集めよう」

人間に対して恐怖心のある村の人たちにはキツい状況となるかもしれないが……現状を打破するためにはより多くの戦力が必要になる。

俺は長老をなんとか説得して、フルズさんに事態を伝えるべく、麓にあるギルドへ使いを送った。

その間、相手モンスターの情報を得るため、偵察部隊を送ることに。

もちろん、そのメンバーの中には俺もいる。

最初は危険だと反対されたが、応用の利く俺の無属性魔法は絶対必要になるだろうと説《と》き、納得してもらった。

「よし。それじゃあ午後から早速あの怪鳥が飛んでいった方向へ進んでみよう」

俺はそう提案し、出発の準備に取りかかった。

◇◇◇

ジェロム地方に危機をもたらす大怪鳥を倒すため、俺とダイールさんとレオニーさんの三人で偵察へとやってきた。

俺の探知魔法で巨大怪鳥の居場所を特定し、そこを目指して進んだのだが――それは険しい道のりだった。まるで他者の介入を拒《こば》むように生い茂る草木……通り抜けるのもやっとなレベルだ。

「これは少々厄介ですな」

「そうですね。進むだけでかなりの体力を消費します」

冒険者歴の長いダイールさんや、騎士団での厳しい鍛錬を乗り越えたレオニーさんでも苦戦するほどの道。偵察のため、見つかりづらい場所を選んで進んでいるとはいえ、実際に討伐作戦を実行する際には、少しルートを考えなくてはいけないいな。

それが分かっただけでも、リスクを冒して偵察をしに来た甲斐があるというものだ。

しばらく進むと、あの滝の近くに出た。

「相変わらず凄い迫力ですね」

「えぇ」

俺とレオニーさんの注意が滝へと注がれる中、ダイールさんだけはそのさらに上を見据えていた。

「どうやら、あそこがヤツの巣のようですな」

その言葉に反応して、俺とレオニーさんも顔を上げる。

滝の水が流れ出ている場所のすぐ横に、これまでに見たこともない巨大な鳥が羽を休めていた。

目を閉じているところを見ると休んでいるのだろうか。その怪鳥の周りにはどこかから運んできた木々が横たわっていた。

視線を少しずらすと、森の一部から不自然に木々がなくなっている箇所を発見する。どうやら、あそこから引っこ抜いてきて巣をつくったらしい。おそらく、昨日はその木を運搬する途中で村の上空を通過したのだろう。

「それにしても……本当に大きいですね」

その体長はゆうに十メートルを超えている。

鋭いくちばしや爪で攻撃されたら、俺たち人間などひとたまりもないだろう。それに、あの大きな翼で巻き起こされるであろう突風も厄介そうだ。

戦う際の注意点を挙げればキリがないな……

「やっぱり、動きを封じ込めるってところが一番のポイントになるかと思います」

「そのようですな。領主殿の重力魔法で動きを封じ込めることは可能でしょうか」

「……正直、断言はできません。あのサイズを相手に試したことはないので」

あの巨体を封じ込めるとなったら、相当量の魔力を消費することになる。さらに、非常時に備えてシールド魔法の展開も想定しなければならない。

今回はこれまで以上に、俺の役目が重要となるな。

——と、その時、突然怪鳥が忙しなく首を動かし始めた。まるで何かを探しているように見えるが。

「もしかして……俺たちの存在に気づいた？」

「鳥のクセに、随分と鼻が利きますね」

「耳かもしれませんぞ」

いや、その辺はどっちでもいいんだけど……問題はヤツが人の気配に対して敏感に反応するところだ。下手にこれ以上近づくと、居場所がバレて襲ってくるかもしれない。

「領主殿、そろそろ撤退しましょう」

「そうですね」

俺たちは可能な限り音を立てないよう、細心の注意を払ってその場をあとにした。

偵察の結果、浮かび上がった最大の誤算は――敵のサイズだ。

まさかあそこまで大きいなんて……当初の予定通り、重力魔法で動きを封じ込めることを念頭に置いて作戦を立てるつもりでいるが、一度、本体を相手にする前に重力魔法の限界を調べておいた方がよさそうだ。

村に戻ってきた俺たちは長老の家で報告を行い、それをもとに全メンバーで作戦を練り上げる。

報告を受けたシルヴィアや冒険者たちは、想像以上の巨体に顔をひきつらせた。

不安が蔓延する中、「なんとかしなければ」と思った俺は、咄嗟《とっさ》にこう言った。

「大丈夫――俺がついていますから」

無属性魔法使いである俺がそんなことを言っても、「何を言っているんだ？」って空気になる――と、思いきや。

「はっはっはっ！」

突然、ダイールさんが高らかに笑いだした。

「まったくその通りですな！」

「えっ？」

「領主殿以上に頼もしい領主などそうはいないという意味です」

「そうですね。普通、いくら自分の領地だからって、本人がここまで先頭切ってやってくるなんてまずいませんから」

ダイールさんに続き、レオニーさんもそんなことを言う。

これに、他の冒険者たちが触発された。

「そうだ！　領主殿がいてくれたらきっとうまくいく！」

「人間も獣人族も関係ねぇ！　みんなで力を合わせてあの怪鳥を倒そう！」

「おお！」

みんなの士気はあっという間に最高潮に達した。

よかった。

正直、どうなるかと思ったけど……ダイールさんのひと言で流れがガラッと変わった。本当に頼りになる人だなぁ。

ディランさんがこの場にいないのは残念だけど、あとはここにフルズさんたちの応援が加われば、きっとあのモンスターを倒せるはずだ。

その後、麓へ下りた使いのひとりが村に戻り、フルズさんに事情を説明したことと、増援到着は明日の昼になることを伝えた。

決戦は明日の昼。

それまでに、準備を整えておかないとな。

◇◇◇

ジェロム地方の未来をかけた決戦当日の朝。

前日は決起集会が行われ、俺たち人間サイドと獣人族サイドの交流を深めることでひとつの目標に向かって挑むという一体感が生まれた。

過去の因縁など関係なく、同じ場所に暮らす者としてともに生きていこうという気持ちを強める——その狙いは見事達成された。

……ただひとつ、気になる点はある。

それはコルミナの兄であるディランさんの存在だ。

この村に住む山猫の獣人族の中でもっとも強く、それでいてもっとも人間嫌いであるというディランさん。ほとんどの村人はマクシムさんが妊婦の出産をアシストしたことで信頼を得ることができたのだが、未だにディランさんは俺たちの前に姿を現していない。

そこがちょっと心残りだった。

妹のコルミナも、表立って態度に出してはいないが、きっと兄のことが気になっているのだろう。今もシルヴィアと談笑しているが、時折森の方へ視線を送っていた。

準備が整い次第、俺たちは怪鳥の住処へと乗り込み、討伐作戦を実行させる。

その時が刻一刻と迫る中——

「うん？」

風が吹いた。

頬を撫でる朝風。

それ自体は別に特段珍しいものでもなんでもない。

——ただ、嫌な予感がした。

確証があるわけじゃないが……なんだろう、胸騒ぎがする。

少し出発を早めた方がいいかもしれないという考えに駆られた俺は、ダイールさんへその話をしようと彼を捜す。

だが、その時。

「おい！　アレはなんだ⁉」

ひとりの冒険者が空を指さしながら叫ぶ。

その先には――何かが浮いている。

それは徐々に大きくなっていく。

……違う。

大きくなっているんじゃない――近づいているんだ！

「⁉　敵だ！　怪鳥が出たぞぉ！」

俺はその正体に気づいて力いっぱい叫んだ。

こちらが奇襲を仕掛けようとした矢先に、まさかの奇襲。

もしかして……昨日俺たちがあの近辺をうろついているのを察知して、先制攻撃を仕掛けてきたのか⁉

どうやら、相手は俺たちが思っていたよりもずっと賢いようだ。

「女と子どもは家の中へ逃げろ！」

「男は武器を持て！」

山猫の獣人族たちは大慌てで戦闘準備を整える。

だが、その間に怪鳥は急降下。

子どものひとりに狙いをつけたようだ。

「危ない！」

必死に叫ぶが――ダメだ、間に合わない。

そう思った次の瞬間――

「メェ～！」

マックが勇ましく怪鳥へと立ち向かい、子どもを捕えようとしていた鋭い爪を自身の角で弾き飛ばした。

「マック⁉」

激しく衝突した反動で吹き飛ばされるマック。

地面にも強く叩きつけられたが……どうやら意識はあるようだ。

安心したのも束の間、怪鳥は再び俺たちを狙うべく、頭上を旋回している。

「許さない……！」

怒りに震える俺たち人間組は一足先に怪鳥のもとへと走り、女性や子どもたちが隠れる時間を稼ぐことにした。

「まずは俺の重力魔法でヤツの動きを止めてみます」

「頼みましたぞ、領主殿！」

ダイールさんの言葉に頷くと、俺は重力魔法を展開する。

「ギーッ⁉」

上空を自在に飛んでいた怪鳥の動きが急激に鈍くなり、高度が下がっていく。

「やった！　ヤツの動きが明らかに鈍くなっている！」

シルヴィアが歓喜の声を上げる――が。

「ぐあっ⁉」

あれだけの巨体の動きを封じ込める……想定はしていたけど、負荷が凄いな。抵抗されると凄い勢いで魔力を消費する。

「ロイス⁉」

「だ、大丈夫だ、シルヴィア……ここはなんとしても食い止める！」

危うく膝をつきそうになったが、シルヴィアのひと言でなんとか奮起する。

……しかし、これは思っていたよりもしんどいな。

だんだん降下するスピードが落ちてきている。

あともうちょっとだけ、俺の魔力が保《も》つかどうか――

「頑張って！」

劣勢になり始めた頃、俺を励ます誰かの声が耳に届いた。

それは幼い女の子。山猫の獣人族の女の子だ。

「あともうちょっとだよ！」

女の子は懸命に俺を応援してくれている。大人たちから逃げるように言われても、その場にとどまって、恐怖心を抑えて、目に涙をためながら人間である俺を励ましてくれた。

――これが大きなきっかけとなる。

「そうだ！　頑張れ、領主様！」

「もう少しでヤツを仕留められる！」

「負けないでくれぇ！」

山猫の獣人族たちから続々と送られる激励。

「……はは」

この大変な状況下にもかかわらず、笑みがこぼれた。

「やって――やるぞぉ！」

歯を食いしばって、俺はありったけの魔力を注ぐ。

次の瞬間、怪鳥が再び降下を始めたが、まだこちらの攻撃が届く高さではない。

あともう少し……もう少しだけヤツを下へ――

「どけぇっ！」

どこからともなく、叫び声がした。

何事かと思うより先に、猛スピードで「何か」が俺の真横を通過していく。

わずかに見えた輪郭から、おそらく人間か――と思ったが、地上で走るのと同じくらいの速度で大木を駆け上がっていく姿から、山猫の獣人族だと分かった。

それにあの声――もしかして？

「お兄ちゃん！」

家の中へ避難しようとしていたコルミナが大声でその名を呼ぶ。

やはり、この窮地に駆けつけたのは――ディランさんだった。

「「「「ディラン⁉」」」」

長老をはじめ多くの村人たちが驚く中、ディランさんは一直線に怪鳥へと向かって突っ込んでいく。やがて、一本の大木の枝へと飛び移り、さらに上の枝へと飛んで怪鳥との距離を一気に縮めた。

「動きが鈍くなっていればこっちのもんだぁ！」

大木のてっぺんまで登り詰めたディランさんは、その勢いのまま怪鳥へと向かって大ジャンプ。

そして、眉間《みけん》の辺りに強く握りしめた拳《こぶし》を叩き込んだ。

「キエエエエエエッ⁉」

悲痛な叫び声がこだまする。

あの一撃は……痛いだろうなぁ。

ディランさんの放った強烈な一撃にふらついた怪鳥は、とうとう地面へと着地――が、ヤツはまだ死んではいない。

「クエエッ！」

着地と同時に、未だ空中にいるディランさんへその大きな翼で襲いかかった。

「ぐあっ⁉」

空中で身動きの取れないディランさんは怪鳥のカウンターをもろに食らい、吹っ飛ばされる。

まずいぞ。

このままでは地面に叩きつけられてしまう。

「間に合えぇ！」

俺は咄嗟に重力魔法の標的を怪鳥からディランさんに変える。

ただ、あの怪鳥の動きを封じることに相当魔力を消費したため、しっかり受け止められるのか……いや、受け止めなくちゃいけない！

必死に魔力を振り絞り、吹っ飛ぶディランさんを捉える。

「っ⁉　こ、これは……」

急にスピードが落ちたことで、ディランさんは近くの木へつかまり、なんとか地面への激突は避けることができた。

「よかっ……た」

そこで、俺は力尽きてしまった。

「ロイス⁉」

倒れた俺のもとへ、シルヴィアが駆け寄る。

一方、怪鳥はというと、どうやらディランさんの一撃が最後の抵抗だったらしく、まったく動かなくなってしまった。

「今だ！　ヤツの首を斬り落とせ！」

木の上からディランさんが叫ぶ。

――どうやら、ダウンするにはまだ早いらしい。

「シルヴィア！」

「ああ！　任せてくれ！」

事前に打ち合わせていた通り、ほとんど動けなくなった俺に代わってここからはシルヴィアのターンだ。

俺は最後の魔力を振り絞り、シルヴィアへ身体強化魔法をかける。

これこそが、俺のとっておき。

対怪鳥用の切り札であった。

本来ならば、全員にこの魔法の効果を与えられたらいいのだけど……今の俺の力ではシルヴィアひとりで精一杯だし、しかも三分間という短い時間制限付きときている。

その分、シルヴィアには残った魔力のほとんどを費やし、山猫の獣人族を凌《しの》ぐ高い身体能力を身につけさせる。

「うおおおおお!!」

凄まじい気迫と勇ましい雄叫《おたけ》びを引き連れて、シルヴィアは跳躍。

魔法によって身体能力を強化されたシルヴィアの跳躍力は凄まじく、あっという間に怪鳥の首元へたどり着く。すると、愛用の剣を大きく振り、その首を斬り落とすことに見事成功するのだった。

「やったぁ！　我々の勝利です！」

真っ先に勝鬨《かちどき》を上げたのはレオニーさんだった。

それを受け、周囲も勝利を確信。

喜びの雄叫びを上げながら、平穏が訪れたことを喜んだ。

「ふぅ……」

「シルヴィア殿、お怪我はありませんかな？」

「問題ない。かすり傷ひとつ負っていないよ」

心配するダイールさんに対し、シルヴィアは笑顔で剣をおさめながらそう告げた。

すると、そこへディランさんが近づいていく。

ま、まずい。

ディランさんとダイールさん。

因縁のあるふたりがここで急接近。

周りも含め、最初は心配していたけど……ふたりの距離が縮まるに伴って、なんとなくだけど、きっと大丈夫だろうと思えてきた。

それを証明するように、ふたりはしばし無言のまま見つめ合ったあと「ふっ」と揃って小さく笑い、それから固く握手を交わす。

「素晴らしい一撃でしたな」

「そちらこそ。たいしたものだ。あと……すまなかった」

「気にしておりませんよ」

ディランさんが謝罪の言葉を述べたことで、ダイールさんも許したようだ。

もともと、「自分のことは気にせずに山猫の獣人族と友好関係を結ぶことに力を注いでほしい」って言っていたし、こういう形で決着がついて本当によかったよ。

ふたりの和解を目の当たりにして、周囲からは安堵の声が漏れ聞こえてきた。

「よかった……本当に……」

「ああ。お疲れさまだな、ロイス」

再びふらついたところをシルヴィアに助けられる。

男としてはちょっと情けない光景ではあるが……すべてを出し尽くした今では、立っていることさえやっとなのだ。

「あはは……もう魔力はすっからかんだし、ヘトヘトだよ。情けない」

「何を言う。ロイスの活躍がなければ、私たちは勝利できなかったのだぞ。胸を張って戻ろう」

「……ありがとう、シルヴィア」

動けなくなった俺はシルヴィアの肩を借りて立ち上がる。

人間と山猫の獣人族。

相容《あいい》れない存在とまで言われた俺たちだが、今目の前に広がっているのはそんな常識を覆《くつがえ》す光景であった。

どうか、このような光景がこれから先もずっと見られるように……領主として、しっかりやっていかなくては。

俺はそう思わずにいられなかった。


ディランさんの緊急参戦により、怪鳥討伐に成功した俺たちは、さらなる脅威がないか巣の辺りを調査することにした。

幸い、子どもや卵もなく、単独で行動していたことが発覚し、これでようやく心から安心できる。

だが、怪鳥の巣を調査している時に新たな発見が。

「あれ？　ここって……」

巣の近くにダンジョンへの入り口があったのだ。

「ここにもダンジョンが……」

「やったな、ロイス」

「ああ。詳しく調べてみないことにはなんとも言えないけど……位置的に、これまでに発見されていないはず。新規ルートの開拓になりそうだな」

これは冒険者たちにとっても嬉しい報告だ。

もしかしたら、これまで誰も目にしたことがない新種のモンスターやアイテムがあるかもしれない——冒険者たちの心を熱くさせるのには十分すぎる。

「新たなダンジョンですか……滾《たぎ》りますな」

「はい！」

すでにダイールさんとレオニーさんはヤル気満々って感じだ。

とはいえ、今のふたりは冒険者というよりも俺やシルヴィアの専属護衛騎士なので、調査自体はフルズさんのギルドに所属する冒険者たちの仕事になりそうだけど。

「それにしても……」

ふたりの背中を眺めていた俺は、視線を上へと向ける。

霊峰ガンティア。

その全容はまだ半分も解明されていない。

俺たちのいる地点でさえ五合目辺り。

まだまだ調べなくちゃいけない場所も多そうだし、今回のように大型のモンスターが潜んでいる可能性もある。もっと言えば、ムデル族や山猫の獣人族たちのように、この山で生活をしている人々がいるかもしれない。

改めて、俺は地図を取りだす。

ここに描かれている場所がジェロム地方――つまり、俺の領地というわけだが……本当に霊峰ガンティアだけだな。

まあ、今後は山猫の獣人族の村に転移魔法陣を置き、村を起点にしてさらに奥地へと調査に行ける。早速、村へ戻り、勝利報告を終えたら長老に相談してみよう。

すべての調査が終わり、夕暮れが迫る中、俺たちは村への帰途に就いた。


簡単な周辺調査を終えて村へ戻ると、怪鳥討伐を祝う大宴会の準備が整えられていた。

大空を飛び回る怪鳥には、高い身体能力を誇る彼らも苦戦を強《し》いられていたようで、今回のように動きを封じる魔法を使える者がいかに貴重な存在であるかを長老から熱く語られた。

その熱弁の真意は、こういうものであった。

「これからも我らとの交流をお願いしたい」

それはむしろこちらからお願いしたいことだったので、俺はもちろん快諾。

「いろいろとすまなかった」

すると今度は俺に対して謝罪の言葉を口にし、深く頭を下げたのはディランさんだった。

わずかな間にだいぶ変わったなぁ……そのような心変わりが起きても不思議じゃない大騒動だったから無理もないけど。

「俺はおまえたちを誤解していた。人間といえばすべてが悪だと思っていたが……おまえたちのような者もいるのだと知れてよかったよ」

「こちらこそ。あなた方の身体能力の高さには驚かされました」

俺とディランさんは固く握手を交わす。

それから、ジェロム地方の領主として、今後もこの村——山猫の獣人族を支援していくことを約束した。

あのダンジョンについては調べていこうとは思うものの、まだ多くの人間をこの村へ寄越すわけにはいかないので、この場にいる冒険者数名を派遣し、継続的に調査を行っていくことで長老と合意した。

「お気遣いいただき、ありがとうございます」

長老は頭を下げたが、この配慮は必要なものであり、当然の判断だと告げる。

こうして、山猫の獣人族の村をめぐる一連の事件は解決を見た。

彼らとはこれからも良い間柄でいたいものだな。

っと、そうだ。

近いうちに母上やテレイザさんにも報告へ行かないと。

きっと、ふたりも気になっているだろうからな。

それからも話し合いは続き、山猫の獣人族とは今後も交流を続けていくために転移魔法陣を村の近くに置かせてもらえることになった。

「これを使えばすぐにこちらへ来られます」

と、説明したが――彼らは誰ひとりとして魔法を扱えなかった。

獣人族は魔力を持たないという説もあるが、どこまで本当なのか……確かに、麓のダンジョンへ探索に来る獣人族の冒険者たちは、みんな高い身体能力を武器にした物理系の装備で固めていたな。

こちらからは村へ行けるが、彼らは麓の村へ行くことができない。

ムデル族の時にはなかった問題点――が、これについては複数の冒険者が「山猫の獣人族の村へ残る」ということで解決した。

近くにあるダンジョンを調査するという名目もあるが、何よりこの村が気に入っているという要素が勝っていたようだ。

彼らがいてくれたら、非常事態が発生した時もすぐに転移魔法陣を通って麓の俺たちへ報告に行ける。

赤ちゃんに何かあったら、医者であるマクシムさんを呼ばなくちゃいけないし、本当に頼れる存在だ。

その日の夜は、これまでにない大宴会となった。

遅れて合流したフルズさんと集まった冒険者たちには、せっかく万全の準備を整えてきてもらったのに空振りとなってしまって申し訳ないと思いつつ、新しいダンジョンを発見したことを伝えたらみんな目をキラキラと輝かせていた。まさに生粋《きっすい》の冒険者って感じだ。

「それにしても……肝心な時に役に立てず申し訳ない、領主殿」

「今回ばかりは仕方ないですよ。まさに急襲って感じでしたし」

平謝りのフルズさんに、俺は気にしないよう伝える。

それからは種族など関係ない、勝利を祝う宴が始まった。

結果的に連続での宴会になったわけだが、みんなまったく気にすることなく大騒ぎをしている。

「ロイス！　私たちも楽しもう！」

「もちろんだ！」

シルヴィアとともに、今日もまた宴会を楽しもう。

こんな楽しいひと時がもっと増えるようにしていかないとな。

みんなの笑顔を見ながら、俺はそう決意するのだった。

◇◇◇

今回の宴会はなんと夜通し行われ、俺とシルヴィアが起きた時にはまだ十数人の男たちが盛り上がっている最中だった。

俺は長老宅へと向かい、一度麓の屋敷まで戻ることを告げた。

ここまでの経緯を一度テレイザさんに報告をしに行こうと思っていたのだが、俺は長老にそのテレイザさんというのがこの村と縁のあるミーシャ・カルーゾの娘であることを告げた。

「おぉ……あのミーシャの娘が……」

感慨深げに呟く長老。

立場的にテレイザさんがここへ来ることは難しいだろうが……いつか、ジェロム地方に鉄道が通れば、足を運ぶこともあるだろうし。とりあえず、報告をしに行った時に話だけでもしておこうかな。

「では、俺たちはそろそろ」

「はい。今回は本当にありがとうございました」

「お礼を言いたいのはむしろこっちの方ですよ」

最後に、再会の約束をしてから村の近くに転移魔法陣を作り、麓へと帰還した。


転移魔法陣を通って麓まで戻ってくると、早速屋敷へと戻る。

「はあ～、帰ってきた～」

旅は新鮮な気持ちにさせてくれるけど、戻ってきたらやっぱり「我が家が一番」って気持ちになるんだから不思議だよなぁ。

「うむ。やはり我が家が一番だな」

シルヴィアもまったく同じことを思っていたらしく、それがおかしくて「ははは」と笑ったら、「な、なぜ笑っているんだ？」と顔を赤らめながら追及される。その理由を説明すると、「そうか……ロイスも同じ気持ちだったんだな」と嬉しそうに微笑んだ。

「留守中、変わりはありませんでしたか？」

「はい！」

一方、テスラさんはエイーダに留守中にあった出来事を尋ねたのだが、特に何もなかったようだ。まあ、留守にしていたとはいえ、長期間というわけじゃないし、そんなに目立った変化はないだろう。

「さあ、みなさん！　今日のご飯は私が腕によりをかけて料理を作りますのでお楽しみに！」

エイーダは俺たち三人が戻ってきたことで嬉しそうだった。

思えば、屋敷をひとりで管理してくれていたんだよな。さすがに夜はフルズさんとジャーミウさんの住む家で過ごしたらしく、久しぶりの家族団欒《だんらん》を楽しんだとのこと。

俺はまた明日、母上の――いや、実家はいろいろとまずいのでテレイザさんの家を訪ね、今回の件を報告するつもりでいる。

それが済んだら、また山の調査だ。

次は山猫の獣人族がいた場所とは反対側を開拓していこうと思う。

今回の件を通して、この霊峰ガンティアには謎とあわせて巨大で凶悪なモンスターが潜んでいる可能性もあることがわかった。領民も増えてきたことだし、麓の村も安全に盛り上げるためにも、早急な調査が必要だ。

「やれやれ……まだまだ忙しくなりそうだ」

そうぼやきながらも、ニヤニヤが止まらなかった。

楽しい。

純粋にそう思える。

今度はどんな新しい発見や出会いがあるのか――そう考えると、ワクワクして今晩は眠れそうになかった。

◇◇◇

山猫の獣人族に関する一件が解決したという報告を行うため、俺とシルヴィア、そしてテスラさんの三人で鉄道都市バーロンへ再び足を運んだ。

今以上に手つかずのジェロム地方を開拓したアダム・カルーゾ――俺の祖父の跡を継いでバーロンのトップとして働いているテレイザさんは多忙であったが、「可愛い甥っ子が訪ねてきてくれたのだ」と言って時間をつくって、会ってくれることになった。

今回の件は、テレイザさんや母上の情報が大きなヒントとなっただけでなく、俺が山猫の獣人族と交友関係を持つため行動を起こす際には、グッと背中を押してくれた。

きっと、母上やテレイザさんに会わなければ、今でもどうしようかって悩んでいたかもしれない。

そういう意味では、母上に会うことを推奨してくれたテスラさんにも改めて感謝しないといけないな。

屋敷の応接室へ通された俺たちは、そこで事の顛末《てんまつ》を詳細に報告する。

最終的に彼らと交友関係を結ぶことに成功したと聞くと……

「よくやってくれたわね」

テレイザさんはホッと胸を撫で下ろすと同時に、そう褒めてくれた。

本来は母上もこの場へ呼ぼうとしたらしいが、父上とともに別件で他国を訪問中とのことだった。

意外だったのは、この屋敷で久々に再会して以降、母上は俺のことをとても気にかけていてくれて、テレイザさんに「何か連絡はあったか？」と手紙を送ってくるらしい。

「母上が……」

これまでずっと無関心だったのに……だが、テレイザさんからの視点ではどうも違ったらしい。

「姉さんは……あの家での立場が弱いからね」

「……父上からの圧力ですか」

「まあ、他にもいろいろあったのよ」

どうやら、まだまだ外に出せない理由がありそうだな。

いつか俺も、母上の助けになれればいいのだが……

「無属性魔法使いであることが分かってから、ずっと離れの屋敷に住んでいたあなたには信じてもらえないかもしれないけど――イローナ姉さんはずっとあなたのことを気にかけていたのよ」

「………」

そのことは前に会った時に十分感じた。

立場上、家ではそのように振る舞えなくても、姉妹であるテレイザさんには本音を打ち明けていたってわけか。

「でも、あなたが私たち姉妹ともゆかりのあるジェロム地方の領主になって、目を見張る成果を上げているのが分かると、嬉しそうに私へ報告をしてくれたわ」

「母上が……」

まったくそんな素振りがなかったからなぁ……全然気づかなかったよ。

「本人としては、今さら自分がたたえたところでわざとらしいからとアクションは起こさなかったけど、本当に嬉しかったんだと思うし、勇気をもらえたんだと思う」

「勇気？」

「その辺についてはもうちょっと先になるでしょうけどね」

「？」

なんだか勿体《もったい》ぶった言い方だなぁ。

でもまあ、母上も何か動きだそうとしているのは間違いなさそうだ。

「それとあとひとつ。ジェロム地方で起きた例の事件についても進展がありそうよ」

「例の事件って――もしかして、違法採掘現場の件ですか？」

魔鉱石の違法採掘事件。

騎士団に所属し、ビシェル兄さんの腰巾着《こしぎんちゃく》だったフランクさんが現場にいたことで大騒ぎになったあの事件。すでに彼の身柄はその騎士団へと預けているが……その後どうなったのか詳しい話は未だに聞けていない。

だが、ようやく話が進んだらしい。

「えぇ。どうやら……あなたの優秀なお兄さんが主導で動いているらしいわ」

「わ、私の？」

テレイザさんの視線がシルヴィアへと向けられた。

やっぱり、マーシャルさんがやってくれたんだ！

「マーシャル兄さんが……」

シルヴィアも嬉しそうに微笑んだ。

義理の弟という立場である俺が言うのもなんだけど……マーシャルさんはパッと見で感情を読み取ることは不可能なほど無愛想だった。

それでも、妹であるシルヴィアへの愛情は確かなものだった。

前もダンジョン探索の手伝いをしてくれたし、今回の事件を解決に導くため、ずっと動いてくれていたのだ。

どうやら、今回ついにその成果が出たらしい。

「マーシャルは曲がったことが嫌いな男だから、きっと騎士団に不正が出たって事実が許せないのでしょうね。それも、義理とはいえ自分の兄弟にあたる人物と近しい者が現場にいたとあっては、いつも以上に看過できないんじゃないかしら」

それは言えている。

フランクさんはビシェル兄さんにべったりだったからなぁ……優れた力で将来幹部クラスの兄さんに取り入れば、自分の将来も安泰と考えたのだろう。

そんなフランクさんが魔鉱石の違法採掘に加担していたとなったら、ビシェル兄さんにも疑いの目は向けられる。ましてや、あのジェロム地方は俺が領主となる前からずっとアインレット家の領地だったわけだし。

でも、それならばビシェル兄さんは自分が事件に関与していることを隠す必要があるのだろうか。

確かに問題ではあるが……ひた隠しにして事態が大きくなる前に名乗り出た方が傷も浅く済む――というか、ほぼ無傷だろう。

だが、マーシャルさんが出てきて、騎士団が本格的に調査へ乗りだすとなったら、無傷では済まなくなる。あのビシェル兄さんが、そのことについて何も考えていないとは思えない。三度の飯より保身を優先するような人だし。

ならば、考えられる可能性は――

「もしかして……あそこで違法に採掘された魔鉱石は、国外に持ち出されていたのかもしれません」

「えっ？　そ、そうなのか？」

「いや、あくまでも俺の予想なんだけど……」

「なかなか鋭いわね、ロイス」

俺の口にした予想を耳にしたテレイザさんがニコリと微笑む。

「フランクが絡んでいるとなったら、間違いなく疑惑の矛先はビシェルにも向けられるでしょうからね」

「やっぱり……」

実際、兄さんがフランクさんに命じてやらせていたのかどうかは分からない……ただ、やっていそうって気はするけど。

「マーシャルもそれが行われているのではないかと危惧《きぐ》しているわ」

「やっぱり……」

「まあ、まだなんの証拠もつかんでいないという話だから、これから本格的に動いていくことになるのだろうけど」

「あ、あの」

魔鉱石の違法採掘現場に関してテレイザさんと話していたら、シルヴィアがゆっくりと手を挙げた。

「なぜ、テレイザさんはマーシャル兄さんについてそんなに詳しいんですか？」

「あら？　マーシャルから聞いていないの？」

テレイザさんとマーシャルさんの関係性。

それについては、俺も薄々疑問に感じていた。

なんというか……先ほどからテレイザさんが語る情報は、公的な場での発言ではなく、もっと私的な場で行われた会話の中から抜粋しているような。

その謎は、意外な形で解決した。

「私とマーシャルは交際中なのよ」

「「ええっ⁉」」

思わぬ新事実に、俺たちは思わず声を合わせて驚いた。

つまり……俺の叔母とシルヴィアの兄――ふ、複雑な関係性だなぁ。

「前に会った時、何も言わなかったからまさかと思ったけど……」

「マ、マーシャル兄さんとはあまりそういった話をしないので……」

「まあ、確かに、あの人が妹に自分の恋人について語っている姿なんて微塵《みじん》も想像できないわね」

クスクスと笑うテレイザさん。

まさかの関係性が明らかとなり、俺とシルヴィアはただただ呆然自失。

テレイザさんとマーシャルさんが恋仲だった。これはかなり衝撃的な事実だ……テレイザさんの方が六歳くらい年上だから、姐《あね》さん女房ってことになるのかな？

まあ、それはさておき……俺は山猫の獣人族の件で、もうひとつ報告をしておきたいことがあった。

それは、彼らを襲っていた巨大怪鳥について。

あれだけ大きなモンスターだ。

もしかしたら、別の場所でも何か被害を出しているのではないかと思い、もし騎士団が動いているようなら討伐の報告をお願いしようと考えていた。

「ふむ……」

テレイザさんは顎《あご》に手を添え、思案するように首をひねる。

「それはもしかしたら……怪鳥カルトリスかもしれないわね」

「カルトリス？」

「数ケ月前から大陸全土に被害をもたらしている巨大鳥型のモンスターで、騎士団も対応に苦慮していたのだけど……もしそうなら、これはお手柄よ」

「お、お手柄？」

やはり、あの怪鳥の被害はジェロム地方だけにおさまっていなかったのか。

それはそうと――

「そんなに騎士団は苦戦をしていたんですか？」

今まさに俺が聞こうとした内容を尋ねるシルヴィア。

考えることは一緒ってわけか。

「何せ、空を自由自在に飛び回る上に、あの巨体だからねぇ。むしろ、あなたたちはどうやって退治したの？」

「重力魔法を使って怪鳥を地面に落としてから、身体強化魔法を使ってパワーアップしたシルヴィアの一撃で」

「それって……無属性魔法の功績じゃないの……」

喜びと呆れが入り混じったような表情で言うテレイザさん。

ただ、俺としてはあまりそのような実感はなかった。確かに、俺は重力魔法で怪鳥カルトリスの動きを封じた。

しかし、実際にあの怪鳥へダメージを与えたのは、ディランさんの強烈な一撃とシルヴィアの華麗な剣術――俺はあくまでもふたりの補助をしたに過ぎない。

さらに、俺の横から声がした。

「やっぱりロイスは凄いな！」

「えっ？」

「だって、怪鳥の動きを止めたり、私の身体能力を強化したのは間違いなくロイスの無属性魔法の力だぞ？　これはもう、ロイスが倒したと言っても過言ではない！」

「そ、そうかな？」

ちょっと違う気もするが……鼻息荒く語るシルヴィアに、それ以上何も言えなかった。

あと、単純にちょっと嬉しかった。

シルヴィアが俺のことを褒めてくれて……別に、普段から俺のことをバカにしているわけじゃないけど、こうして言葉にしてくれるのはありがたい。なんだか自信が湧いてくる。

「ふふふ、あなたたちはいいパートナーね。相性抜群って感じ」

「あっ、いや、それは……」

「あら、照れなくていいじゃない。それほど遠くないうちに結婚するんでしょ？」

「は、はい、それはもちろん」

シルヴィアは婚約者だから。

――いや、そんな前提がなくたって、俺はこれからもシルヴィアと一緒にいたい。

そう思わせてくれるんだ。

「あ、改めて言葉にされるとさすがに照れるな」

顔を赤くして頬を指でかくシルヴィア。

いちいち反応も可愛いんだよなぁ。


その後、テレイザさんはカルトリス討伐の可能性を確かめるため、山猫の獣人族の村近くに巣を作っていた怪鳥の羽根を持ってきてほしいと俺たちに告げた。

その羽根を調べて、正式にカルトリスというモンスターだと分かれば、大々的に討伐完了を国民に知らせ、不安を解消させるのだという。

俺としても、王国の役に立つならば、とその申し出を了承。

すぐに領地へと戻り、使いを送ると約束した。

それから、山猫の獣人族とテレイザさんにとっては母親となるミーシャ・カルーゾとの関係性についても報告。

「そう……お母様がそんなことを……娘として、誇らしいわね」

テレイザさんは、穏やかな笑みを浮かべながら言う。

その後、屋敷に残された肖像画などをこちらへ持ってくると提案したが……

「可能であれば、現状維持でお願いしたいわ。お母様が大好きだった霊峰ガンティアの景色をこれからも眺めていてもらいたいから」

「分かりました」

俺はテレイザさんからの願いを承諾。

屋敷は修繕魔法で元に戻す一方、祖父母が残した冒険の足跡はそのままにしておくことにした。

特に、祖父アダム・カルーゾが残した霊峰ガンティアの記録は気になるところ。

それはこの屋敷にも数多く残されているらしいが、さすがに持ち帰るわけにもいかないので今回は保留。

ただ、これに関してはまた新しい無属性魔法を覚え、なんとか参考資料として手元に置いておきたいなという願望はある。

まあ、とにかく、俺たちの領地運営は新たな局面を迎えようとしていた。

◇◇◇

アルヴァロ王国で定期的に開かれている王国議会。

最近の議題は、もっぱら周辺の都市や村を襲撃する神出鬼没《しんしゅつきぼつ》の鳥型モンスターことカルトリスについての対応であった。

王国魔法兵団側で、この討伐任務の陣頭指揮を執っていたのはロイスの兄ビシェル。

しかし、その成果は芳《かんば》しくなく、魔法兵団内部ではビシェルの力を疑問視する声も出始めていた。

「くそっ！」

思うような戦績を挙げられず、ビシェルの苛立《いらだ》ちは日増しに強まっていった。

そんな中、注目を集めていたのが王国騎士団所属でシルヴィアの二番目の兄マーシャルだった。

当初、怪鳥カルトリスの被害が報告された際、アルヴァロ王家はマーシャルを隊長にして隊を編成して討伐を命じるつもりだったが、タイミング悪く、マーシャルはその二日前から南方へ遠征に出てしまっていた。そのため、魔法兵団のビシェルが代わりに指揮を執ることになったのである。

ビシェルは燃えた。

毛嫌いする実弟ロイスの婚約者であるシルヴィアの兄というだけで、すでにマーシャルを見下していた節があったが、何より気に入らなかったのは王国内での評価は彼の方が高かったということ。

騎士でありながらも炎属性の魔法を自在に使いこなすことができるビシェルは、騎士団へ入団した当初大きな注目を集めていた。

一方、騎士団と魔法兵団という組織の違いはあるが、同期入団であるマーシャルも非常に優秀ではあったが、ビシェルのように特別秀でた能力を有しているわけではなく、よく言えば堅実で悪く言えば地味な存在であった。

だが、組織内での評価は徐々に変化を見せつつあった。

戦闘力だけでなく、冷静沈着で的確な指示を即座に出せる指揮能力にも長けていたことが分かり、彼の評価はドンドン上がっていく。

対照的に、ビシェルは戦闘力こそマーシャルに匹敵するものの、指揮能力に関しては足元にも及ばなかった。これは、「誰の命令も聞きたくはない」というビシェルのわがままにより、独断での行動が目立ったために起きたことだった。

それも一度や二度ではない。

現に、マーシャルの代役を務めたカルトリス討伐隊では、実に五度にわたって相手にろくなダメージを与えず取り逃がすという失態をやらかしている。

ただでさえ、魔鉱石の違法採掘に関して疑惑を持たれている身であり、下がり始めた評価を取り戻そうとしたのだが、逆に騎士団内での評価を高めるどころか、さらに下落させてしまうというお粗末な結果となってしまったのだった。

挙句《あげく》の果てには、マーシャルに遠征を早めに切り上げて戻ってこいという強制帰還命令が下された。

これはビシェルにとって耐えがたい屈辱であった。

なんとかしてカルトリスを討伐し、急降下した評価を取り戻したい。

焦るビシェルのもとに、最悪の知らせが届いたのは今から二日前のことだった。

――怪鳥カルトリスが討伐された。

そんな一報が王国中に流れたのだ。

どうやら、とある領地に出現したカルトリスをそこの領主率いる討伐部隊が倒したというのだ。

魔法研究家により、その領主と親戚《しんせき》関係だというテレイザ・カルーゾによって提出された鳥の羽根を分析したところ、カルトリスのものと一致したという結果が出たのだ。
厄介なモンスターが討伐されたことで国中は歓喜に包まれる。
だが、面白くないのはビシェルだ。
その領主に対し、自分の手柄を横取りされたと、逆恨みに近い感情を抱いていた。
ビシェルはひと言だけでも抗議してやろうかと、その領地の名前を調べてみる。
「なんだと!?」
領地の名前は――ジェロム地方。
つまり、これまで散々バカにしてきた弟のロイスが治める領地だったのだ。
今、王都はそのロイスの話題で持ちきりだ。
中には、ロイスに会ってみたいと口にする王族関係者も出てくるほど。
それもまた、ビシェルには許せないことであった。
「ロイスめぇ……あの役立たずの愚弟《ぐてい》が！　俺の手柄を横取りしやがって！」
弟に対し、憎悪《ぞうお》の念を抱くビシェル。
その歪んだ思いは、日に日に増大していったのだった。

◇◇◇

怪鳥討伐から一週間が経過した。

その間、俺たちを取り巻く環境は大きく変化する。

まず、ムデル族の集落と山猫の獣人族の村とは、定期的に連絡を取り合うことにした。

ムデル族の近況報告担当としてオティエノさんが就任。さらに、山猫の獣人族たちが住む村には、新たに「ルトア村」という名前がつけられ、近況報告担当は若きリーダーであるディランさんに決まった。

どちらも麓からはかなり離れた位置にあるが、俺が設置した転移魔法陣の効果ですぐに移動できるようになっている。

また、どちらの村にもこちらから派遣した優秀な冒険者が常駐しており、彼らは近隣のダンジョンを調査しつつ、有事の際には協力するようにお願いをしてある。

こうして、麓を中心に霊峰ガンティア周辺に住む人々と交流は進められていった。

そんな中、すっかり忘れていたある事案が脳裏をよぎった。

「俺たちの村の名前も、そろそろ決めていかないとな」

山猫の獣人族の一件ですっかり忘れていたけど、そういう話も出ていたんだよな。そっちも急ぎたいところだが……やっぱり、どうしてもこっちに意識がいってしまうよなぁ。

「うーん……」

夕食を終えた俺は、自室に飾ってあるジェロム地方の地図をにらみながら唸っていた。

「どうかしたのか、ロイス」

そこへ、コーヒーが注がれたカップふたつを持ったシルヴィアがやってくる。

「あっ、これ、食後のコーヒーだ」

「ありがとう――いや、次はどこへ行こうかなと思ってさ」

「ルトア村の人々の話では、私たち以外の人間や亜人《あじん》と接触したことはないとのことだから、さすがにもうこの近辺に住んでいる者はいないんじゃないか？」

「その点については断言できないな……もっと標高の高い場所で暮らしている種族もいるかもしれないし。とにかく、まだまだ謎が多いんだ、この霊峰ガンティアは」

何せ、かなりの年月にわたり、人の手が加わっていない場所だ。ムデル族や山猫の獣人族だって、ほとんど噂みたいなものだったし、まだまだ俺たちの知らない何者かが生活を営んでいてもなんら不思議ではない。

新たに調査チームを編成して、全容を解明していきたい。

それが、当面の目標になるな。

フルズさんからの報告では、ダンジョン探索は順調に進んでおり、俺とシルヴィアが一緒に潜った時よりもだいぶ深くまで調査の手が行き届いているとのこと。

……そんな報告を耳にしてしまっては――

「行ってみたいなぁ……まだ見ぬダンジョン……」

ボソッとそんなことを呟くと……

「ダメだぞ、ロイス」

いつの間にか部屋のイスに座り、ユリアーネの書店で買ってきた本を読んでいたシルヴィアに止められた。

「あぁ……やっぱりまずいかな？　領主がダンジョンに潜るのって」

「そういう意味で言ったわけではない」

「？　どういうこと？」

「……私を忘れて行ってはダメだということだ」

自分で言っていて恥ずかしくなったのか、遠くから見ていても顔が赤くなっているのが分かる……というか、つられて俺も顔が熱くなってきた。

「も、もちろんだよ。シルヴィアを置いて行くなんてありえないよ」

「な、ならいいんだ。私はそろそろ自室へ戻って寝るぞ」

この空気に耐えられなくなったのか、シルヴィアは本を閉じるとそそくさと俺の部屋をあとにしていった。

「……同じ部屋で寝ようかって提案したら斬られるかな？」

婚約者であること自体は抵抗のない様子のシルヴィアであったが、まだ男女間での深いやりとりというか、心身ともにつながることを恐れている節が見られた。

まあ、その辺は焦る必要もないだろう。

なんだかんだ言って、まだ十代半ば。

心の整理ができるまで、気長に待つとしよう。

◇◇◇

翌日。

俺とシルヴィアは朝からギルドを訪れた。

目的は当然、ダンジョン探索の進捗《しんちょく》状況を確認する——という名目で、以前は見られなかった新スポットを見学に行くことだ。

むろん、俺たちふたりだけで探索するわけじゃない。

今やアインレット家の専属護衛騎士となったダイールさんとレオニーさんのふたりにも同行してもらう。

「しかし……騎士という称号はまだ慣れませんな」

「そう堅く考える必要はないですよ。我々は領主ロイス様とその妻となるシルヴィア様をお守りするために剣を振るえばよいのです」

「ははは、なるほど。レオニー殿の言う通りですな」

かつて執事として働いていたダイールさんは、騎士という肩書きにまだ少し違和感があるようだが、ここへ来るまで騎士団の一員として活動していたレオニーさんは堂々としていた。

いつもはレオニーさんをフォローすることが多いダイールさんだが、この件に関してはすっかり立場が逆転している。

「ふたりとも、今日もよろしくね」

「お任せください」

「全力でお守りします！」

今回は俺も含めたこの四人に、フルズさんも加えた五人体制でダンジョンに挑むことになった。

「久しぶりのダンジョン……燃えてくる！」

シルヴィアはいつも以上に気合が入っていた。

怪鳥討伐では見事にトドメを刺す大役を担ったが、それがいい経験となったようだ。慢心しているというわけではなく、いい感じに緊張感をキープしていて、自信ある表情を浮かべている。理想的な心理状態と言っていいだろう。

それから、このダンジョンが終わったら、まだ調査していない部分へもドンドン足を運ぶことにしよう。

領主として、自分が治める領地がどんな場所であるか——俺にとって、これは生涯をかけて取り組むべき課題だろう。

「では、そろそろ行こうか」

案内役のフルズさんを先頭にして、俺たちは久しぶりのダンジョンに足を踏み入れたのだった。


実に久しぶりとなるダンジョン。

「なんだか緊張するな、ロイス」

「ああ。しっかり気を引き締めていこう」

「もちろんだ！」

そう語るシルヴィアの瞳は爛々《らんらん》と輝いていた。

なんていうか、小さな子どもがお気に入りのおもちゃで遊ぶ前のような、無邪気ささえ感じる表情をしていた。一見すると、浮足立っていて危うい雰囲気もあるのだが……その考えはすぐに改められた。

一歩ずつダンジョンを進んでいくシルヴィアの表情は、さっきまでの浮かれていた女の子とはまるで別人のように引き締まっていた。怪鳥討伐による自信と、これまで幾度となく霊峰ガンティアに登ってきた経験がそうさせているのだろう。

大きな成長を感じつつ、俺も負けるわけにはいかないと気を引き締めた。

奥さんに負けているわけにはいかないからな。

シルヴィアが頼もしくなったのに、俺が変わらないのでは意味がない。ふたりで一緒に強くなっていかなくちゃ。

やがて、以前俺たちが来た小川まで到達。

「あれ？　こんなに近い場所でしたっけ？」

最初にダンジョンへ潜った時は、もっと遠いように感じたんだけど……周りの風景に見覚えはあったので、場所は間違っていないだろう。

「ははは、領主殿はこれまで霊峰ガンティアのさまざまな場所を歩き回っていたからな。以前よりも距離が短く感じたのだろう」

俺の感想を耳にしたフルズさんは笑いながら言う。

……なるほど。

確かに、これまで訪れた場所は大変なところが多かったからなぁ。

「この先に関して、いくつか報告がある」

「はい。お願いします」

俺たちはこの小川の向こうにあるダンジョンの様子について、フルズさんから話を聞くことにした。

小川には冒険者たちが造った橋が架けられており、そこから反対側へと難なく進むことができる。そこからしばらく歩いていくと、三つの分岐点があるという。

その場所を直接確かめるため、フルズさんに案内役を頼み、俺とシルヴィア、そしてダイールさんとレオニーさんの五人で進んでいく。

「この橋……いつの間に造ったんですか？」

「デルガドさんのお弟子さんが数名手伝ってくれたおかげで、驚くほど短い工期で完成したんだ」

デルガドさんか。

今は別件のためアスコサに戻ったけど、「また何かあったらいつでも呼んでくれ。すぐに駆けつけるからな」と頼もしい言葉をくれた。今後も建築関係の相談事があった際にはいの一番に訪ねよう。

職人たちの仕事ぶりに感心しつつも、先を急いでいく。

すると、フルズさんからの報告にあった通り、三つに分かれた道が姿を現す。

「それで、これらはどこへつながっているんですか？」

「今のところ、真ん中から進むルートが、もっとも調査が進んでいるようだな」

真ん中、か。

フルズさんの話だと、現在はその一番進んでいる真ん中のルートに調査を絞り込んでいるとのこと。

現段階では冒険者たちから特に不満が出ているという話は聞いていないので、特にこちらの調査を急がせるということはしない。今のペースで、少しずつでも着実かつ安全に進めて行ってもらいたいものだ。

「で、この先には何があるんですか？」

「実は……今日はそれを是非とふたりに見てもらいたい」

「「えっ？」」

フルズさんの力強い言葉を受けて、俺とシルヴィアは顔を見合わせる。

是非とも見てもらいたいって……一体何があるっていうんだ？

……絶妙に好奇心をくすぐってくるじゃないか。

俺たちはその「見せたい」という物がある場所へ向かうため、真ん中のルートをさらに進んでいった。

道中、他にも分かれ道は存在していたが、まだすべてを探索し終えていないため、未踏の地になっているという。

なんでも、このダンジョンの存在が風の噂で広まり、フルズさんの古い仲間たちがここを目指して集結しつつあるとか。

「彼らにとって、『誰も足を踏み入れたことのないダンジョン』というのは、非常に魅力的なんだ」

そう説明してくれた。

……その気持ち、ちょっと分かる気がするな。

確かに、新しい物を発見するって、楽しいからな。

それがまだ見ぬお宝だったってことなら、多くの冒険者が手を挙げて調査に乗りだすということも頷ける。もちろん、それだけリスクも高い。モンスターやトラップなんかもあるわけだし。

とりあえず、今目指しているという場所はすでに調査を終えているということで、安心して進めるという。

そのルートを進み始めて約十分。

「そろそろだ」

フルズさんがそう語った直後、視線の先に光が見えた。

「あれ？　もしかして……出口ですか？」

「ああ——だが、その先に凄い光景があるんだ」

凄い光景、か。

一体何だろう……絶景ってことかな？

ただ、これまで結構な絶景スポットを見続けてきている俺としては、正直かなり目が肥えていると自負している。

そう易々《やすやす》とは感動しないと思うが……果たして、どうなるか。

期待に胸を膨らませつつ、光の先へと足を踏み出す。

その先にあったのは——

「うおおっ！」

思わずそんな声が漏れてしまうほどの絶景であった。

ダンジョンから出た先は少し小高い丘となっており、眼下には広大な森が広がっている。しかし、よく見ると見覚えのある場所がちらほら。

「ロイス、あそこに見えるのはルトア村じゃないか？」

「あれ？　ホントだ」

シルヴィアが指さした場所にあったのは、つい先日、怪鳥討伐で訪れたばかりのルトア村があった。山猫の獣人族たちが暮らすその村は、この丘の上から見ると明確な場所が把握できるんだな。

「俺たちの村を出発して、あの場所にたどり着くまでほとんど丸一日を要したというのに、このルートを通ればそれほど時間をかけずに到着できるんですね」

つまり、ここは俺たちの村とルトア村を結ぶ短縮ルートというわけだ。

——とはいえ、あっちにはすでに転移魔法陣を用意してあるし、そもそもモンスターが出現するかもしれないダンジョンを通らなければいけないというのは厳しい。あくまでも非常用のルートって認識の方がよさそうだ。

「しかし……本当にいい景色ですな」

「はい。ここまで歩いてきた疲れが吹っ飛んでいきました」

ダイールさんとレオニーさんも、この景色を気に入ったようだ。

——って。

「うん？」

ふたりと同じように景色を眺めていた俺は、ある不自然な場所を発見した。

「フルズさん、あそこってなんでしょうか？」

「む？」

発見した不自然な場所を指さしながら、フルズさんに問う。

それに合わせて、他の三人も視線をそちらへと向けた。

視線の先にあったのは――円形にポッカリと開いた空間であった。周りは背の高い木々で囲まれているというのに、その空間だけ何も存在していない。よく見ると、家屋のような建物が確認できる。

「まさか……ルトア村からそれほど離れていない場所に、他にも人が住んでいるところがあったのか？」

シルヴィアが表情を強張らせながら言う。

一見すると、小さな集落のようでもあるが……ルトア村からはそれほど離れていないので、山猫の獣人族と接触していないのはさすがにおかしい。

「いかがいたしますかな、領主殿」

こちらの判断を仰《あお》ぐダイールさん――けど、本当は俺がどう答えるか分かっているはず。

「……とりあえず、ルトア村へ立ち寄って情報を集めてみましょう」

ダイールさんの言葉にそう答え、俺たちはルトア村を目指した。

◇◇◇

フルズさんたちが調査をして発見したダンジョンの先にある絶景ポイント。

しかし、そこで俺たちが発見したのは、足を踏み入れていない地点に存在する謎の集落であった。

着実に霊峰ガンティアに住む者たちと交流をしてきた俺たちだが、今回発見された集落は少しこれまでとは様相が違っていた。

ムデル族やルトア村の獣人族はそれぞれ住んでいるポイントが違ったため、お互いに接触をすることはなかった。

だが、今回発見された集落はルトア村の近く。

長らくあの場所に住んでいながら、お互いにまったく顔を合わせないなんてことがあるのだろうか。

ダンジョン探索のあと、俺たちはルトア村へと立ち寄った。

念のため、例の場所について何か知らないか尋ねようと思ったからだ。

村に到着後、ディランさんへ確認を取ったが、これまで山猫の獣人族が村の近くで他の種族と出くわしたどころか気配さえ感じた者はいないという。

あれだけ近い距離にいながら、姿を確認できない。

となると……この事実から俺は魔法が関与していると推察した。そうでなければ、山猫の獣人族に存在を認識されずに生活を続けていくことはできないだろうし、集落の存在自体を勘づかれないというのも説明できない。

「認識阻害魔法か……」

村から帰り、一夜を自分の屋敷で過ごしたその翌日。

屋敷にあるソファに腰かけながら、俺はそう呟いた。

あれもまた無属性魔法の一種。

俺が屋敷を出る際にかけていく結界魔法の上位互換だ。

そこにテスラさんがやってきて、俺の前にあるテーブルにお茶の入ったカップを置く。

「また新しい集落ですか？」

「えぇ……けど、今回はちょっと様子が違うんですよね」

「そうなんですか？」

「そうなんですよ……」

俺は手製の地図を見ながら呟く。

最初は森と山の場所が示された程度の味気ないものだったが、少しずつ書き足していったおかげで、段々と見られる地図になってきた。

これの原本自体も相当古い地図だが、それにもあの場所はどこにも示されていないいんだよなぁ……その頃からあったのか、それともその頃から認識阻害魔法を使って周りとの接触を断っていたのか。

いずれにせよ、現地に行って調査しなければ何も分かりそうにないな。

「あっ、待てよ……あそこなら何か残っているんじゃないか」

ふと頭に浮かんだのは、山猫の獣人族と出会うきっかけとなった、旧カルーゾ家の屋敷であった。

もしかしたら、あの屋敷のどこかにヒントが隠されているかもしれない。

「近いうちに、またあの屋敷へ行ってみるか」

「どうやら、目的地が決まったようだな」

背後からの声に反応して振り返ると、そこにはシルヴィアが立っていた――が、今日は朝風呂に入っており、まだ出てきた直後ということもあって、濡《ぬ》れている髪をタオルで拭《ふ》いている最中だった。

「…………」

……なんというか、その無防備な姿が妙に色っぽく見える。

「……？　どうかしたか、ロイス」

「っ！　い、いや、別に……」

「素直に仰《おっしゃ》ったらいいじゃないですか。風呂上がりの姿に欲情したと」

「なっ!?　ぜ、全然そんなこと思ってないから！」

「そうなのか……？」

なぜか残念そうなシルヴィア。

……その反応は反則だぞ。

気を取り直して、俺は着替えてきたシルヴィアに明日の予定を伝える。

さっきのことが尾を引いているのか、話をしている間も表情にどこか影があった。そこで、テスラさんに聞こえないよう、タイミングを見計らって耳打ちする。

「あんな風に言ったけど……本当は凄くドキドキしたよ」

「っ！　ロイス……」

このひと言で、シルヴィアの機嫌は一瞬にして改善。

ちょっと簡単すぎやしないかと不安にもなったが、それがまたシルヴィアの可愛いところでもあるんだよな。

「イチャイチャするのもいいですが、まもなくフルズ様たちが到着する時間ですよ」

「おっと、そうだった」

「イチャイチャは否定しないのですね」

……心当たりがないわけじゃないし。

とにかく、みんなが来る前に外で待つとしよう。

◇◇◇

今回の新たな集落探索は少数精鋭で行う予定だ。

同行するのはシルヴィア、ダイールさん、レオニーさんのいつものメンツに加えて、フルズさんが選出した腕利きの冒険者五人で挑む。あとは頼りになる相棒のマックも忘れちゃいけないな。

目的地はルトア村からそれほど距離がないため、まずは転移魔法陣を使ってそこへ向かう。

「お待ちしておりましたよ、領主様」

俺たちが魔法陣から現れると、早速長老が声をかけてきた。

昨日訪問した時から、例の場所について教えてあり、今日の調査のことも事前に通達してあったのだ。

「例の場所についてですが……あれからいろいろと村の者に聞いて回ったのですが、誰も知らないとのことで……」

「それについては見当がついています。おそらく、あの一帯には大規模な認識阻害魔法がかけられていると思われます」

「に、認識阻害魔法？」

「簡単に言えば、自分たちの存在を相手に感知されない魔法です」

「で、では、あの場に何があるか判断がつかない、と？」

「大丈夫です。対処法はあります……できれば、今日の調査で接触できるようにしていくつもりではいますが」

無属性魔法には無属性魔法。

……とはいえ、口で言うほど簡単なものではないだろう。

何せ、ルトア村から近い位置にありながら、誰ひとりとして自分たち以外の存在を認識しなかったというのだから。認識阻害魔法が敷かれているのは間違いないが、あれだけの規模全体を網羅しているとなると……相当な使い手であると思われる。

なので、慎重に調査を進める必要があった。

——と、そこへ俺たちに声をかけてくる者が。

「ロイス」

このルトア村の中でもトップの戦闘力を誇るディランさんだった。

「何かありましたか、ディランさん」

「いや……俺も一緒に行っていいか？」

「えっ？」

予想外の申し出だった。

ただ、この近辺の地理に詳しいディランさんが加わってくれるのは心強い。それに、ディランさんからは、村の脅威になるかもしれない新しい集落の存在をこの目で確かめておきたいという意思を感じた。

今回の申し出は、ディランさんなりに村のみんなを想ってのことだろう。

「分かりました。一緒に行きましょう」

「……！　感謝する」

こうして、新たに同行者を増やし、俺たちは目的地へ再出発した。


マークをつけた地図を見たディランさんの話では、新しい集落のある場所には覚えがあるという。

「この辺りには何度か行ったことがあるんだが……集落どころか、あんたの言う開けた空間なんてものも見た記憶がない」

「それはおそらく、認識阻害魔法のせいだと思います」

「認識阻害魔法……？」

「目の前にあるにもかかわらず、それを認識できなくさせる魔法ですな」

ダイールさんの言葉を耳にしたディランさんは驚きの表情を浮かべる。

「驚いた……魔法っていうのは、てっきり炎や水なんかを操るド派手なものばかりだと思っていたが」

「それは知っていたんですね」

「ミーシャさんから教えてもらったんだよ」

ここでも祖母ミーシャ・カルーゾの名前が出た。本当に、ルトア村の人々に大きな影響を与えていたんだな。

「魔法には無限の可能性があるんですよ——俺の無属性魔法のように」

「なるほど、奥が深いのだな……可能であれば、俺も覚えてみたいものだ」

ディランさんは感心したように頷いていた。

それから、俺たちはさらに目的地へと接近。

「む？」

探知魔法で周囲を探っていた俺は、ある異変を捉える。

「どうかしたのか、ロイス」

「シルヴィア……どうやらこの先のようだ」

俺の視線の先には——何もない。ただ鬱蒼とした茂みがあるだけだ。

「こ、この先にあるっていうのか？」

茂みを前に、ディランさんは困惑していた。

そりゃあ、普通に見ればただ草木が生い茂っているようにしか見えないものな。

「えぇ。でも、このまま突っ込んでも、おそらく目的地には着けません」

「それはどういう——そうか！　さっき言っていた認識阻害魔法か！」

「えぇ。その影響で、俺たちは知らず知らずのうちに目的地からそれてしまうんです」

「な、なんと厄介な……だ、だが、ここから先はどうやって進めばいいんだ？」

「任せてください」

ディランさんにそう告げて、俺はゆっくりと前に出る。

ここからは――いや、ここから先も、俺の無属性魔法が突破口を開く。

「ふぅ……」

深呼吸をしてから、意識を集中させる。

両方の掌《てのひら》に魔力を収束させていく感覚。

これから俺が使うのは、認識阻害魔法の解除魔法。

これまで使用してきた無属性魔法の中でも、扱いの難しさは最上位クラス――ていうか、まだ実践で試したことがない。そもそも、認識阻害魔法自体が超レアなのだ。

ユリアーネの店で購入した本に書かれていたものだが……正直なところ、どこまで通じるのかは未知数であった。

しかし、不思議とやれそうな気がしていた。

なんというか、自信があったのだ。

シルヴィアが怪鳥カルトリスにトドメを刺したことで自信を得たように、そのサポートをした俺も少し自信を持てるようになっていたらしい。こういうのって、なかなか自覚が持てないものだけど、不思議と今はそれを実感している。いわゆる経験値ってヤツかな。

それと……俺が自信を持てるのにはもうひとつ理由があった。

「頑張れ、ロイス！」

そう言って応援してくれるのはシルヴィアだ。

シルヴィアが近くにいてくれる。

それだけで、なんでもできそうな気がしてきたよ。

違法採掘現場の件や、怪鳥討伐などを経験していることもあるのだろうが、やっぱり俺にとって、シルヴィアが何よりの原動力になっている——そう強く感じたのだ。

……それだけじゃない。

ダイールさんやレオニーさんをはじめとする、領民たちの声援からもたくさんの勇気をもらっている。怪鳥カルトリス討伐の時だって、あれがなければ、きっと討伐はうまくいっていなかっただろう。

俺は本当に……幸せ者だよ。

「——いくぞ！」

シルヴィアやみんなの応援を背中に受けて、俺は魔力を一気に開放。

すると、バリンという音がして、目の前の空間が——「割れた」。

その表現が適切であるかは分からない。しかし、確かに目の前の何もない空間が、まるでガラスが割れたように砕けていったのだ。

「こ、これは……」

「認識阻害魔法が解除されたようですな」

驚くレオニーさんと、いつも通り冷静なダイールさん。

「す、凄い……これが魔法か……」

改めて、魔法という存在をその目で認識したディランさんは、口が半開き状態となり、その場へ立ち尽くしていた。

一方、シルヴィアは……

「さすがはロイスだ！」

と、腕を組んでなぜか誇らしげ。

まあ、期待に応えられたようでよかったよ。

ともかく、こうして進むための道が開けた。

それと同時に、今後はこの解除魔法をさまざまな場面で使うことになりそうな気がしてきた……

もっとも、あまり使う場面に遭遇したくはないのだが。

気を取り直して、俺たちは封じられていた道を進むことに。

しかし、ここから先は道としての役割を果たしているところがなく、生い茂る草木をかき分けて突っ切る必要がありそうだ。

「なかなか大変な道のりになりそうですね」

レオニーさんは顔を引きつらせながら言う。

確かに、前進するのは苦労しそうだが……ここまでくれば、ダンジョンの先で見かけた場所までもう一息だ。

俺たちは剣を振りながら進路を確保し、目的地を目指す。

……だが、これほど険しい道のりだと、もしかしたら人はいないのかもしれない。遥か昔に滅んでいる可能性もある。外との接触を避けるために設置したトラップだけが今も作動し続けていたのかもしれない。

歩き続けて数十分後。

「この辺りのようだな……」

進むうちに、だんだんと強い魔力を感じられるようになった——おそらく、この辺にまた認識阻害魔法がかけられている。

俺はみんなの足を止め、ここでもう一度解除魔法を使用することに。

今度も無事解除ができた。

前進が可能になったので、俺たちは先へ歩を進める。

しばらく行くと、薄暗かった前方にうっすらと光が見えてきた。

どうやら目的地が近いようだ。

「さて……何が出るかな」

期待と不安を抱きつつ、俺たちは光の先を目指してさらに進んでいった。

やがて、光の向こう側へとたどり着く。

長年誰も知らなかった、未踏の地へと足を踏み入れたのだ。

そこに広がっていた光景とは——

「……あれ？」

思わず、間の抜けた声が漏れ出る。

正直、何も期待していなかったわけではないが……まさか、このような結果が待ち受けていようとはさすがに予想外だった。

あとから合流した他のみんなも同じような反応で戸惑いの色が見える。

その最大の理由は——例の場所と思われる場所には「何もなかった」からだろう。

確かに、ダンジョンから出た先で目撃した時には不自然に開けた空間が存在していた。そして、ここはまさにその場所で間違いないのだろうが……何もない。草木も生えていない、広々とした空間があるだけだった。

「ど、どういうことだ？　何もないじゃねぇか」

辺りを見回しながら、ディランさんが言う。

その通りだ。

以前に村などがあれば、どこかに名残《なごり》でもありそうなものだが、それすらない。

だとしたら、この空間は自然にできたのか？

……そうとはとても思えない。

この場所は誰がどう見ても不自然だ。

不自然なのに、何もない。

ある意味、この現状自体が違和感まみれで不自然そのものといえた。

何か……何か見落としているのではないか。

そう思って、辺りの様子をうかがっていると——

「む……？」

気配を感じた。

それは俺だけじゃなく、この場にいる全員が同じ気持ちを抱いていたようだ。

「身を隠すようなところはどこにもないのに、誰かがこちらの様子をうかがっているような、そんな気配を感じる……どういうことでしょうかな」

指で顎を撫でながら、ダイールさんがそうこぼす。

「理解の及ばない事態とでもいうべきでしょうか」

その横では、レオニーさんがただならぬ気配を感じつつもその正体がまったく見えないことに動揺しているようだ。

「……こんなにも見晴らしがいいっていうのに……薄気味悪いぜ」

ディランさんも、言葉にできない事態に呆然と立ち尽くしている。

百戦錬磨の元冒険者ふたりに、怖いモノ知らずでイケイケだったディランさんでさえこの状態。

さらに、その影響は広がっていき――

「ロ、ロイス……」

ついにはシルヴィアも不安にかられ、弱気になっていた。

思った以上に怯えており、ピタリと俺に密着してくる――ちょっと距離が近すぎな気がしないでもないが、それだけシルヴィアも恐怖を感じているようだ。

正体不明の感覚。

ある意味、姿形がハッキリ見えていた怪鳥カルトリスの方がずっと対処しやすかったな。何も見えないというのが、これほどまでに戦闘心理に影響を及ぼすとは……さすがに想定外の事態だ。

――しかし、俺は薄々その正体とやらに当てがついていた。

「わずかだけど……魔力が漂っている？」

頬を撫でる空気の中に、かすかだが魔力を感じる。

それも……これは普通の魔力ではない。

少なくとも、人間が扱うものとは明らかに異なる。

人外の存在が、この空間にいるのか……？

俺たちは姿の見えない誰かに監視されている――それも、人間以外の存在に。

「とりあえず、登場してもらうしかないようだな」

魔力を駆使して姿を隠しているというなら、引っ張りだすまでだ。

俺は再び魔力を練る。

そして正体不明の存在を明らかにするべく、俺はそれを打ち破るための魔法を繰りだす。

「さあ——正体を現せ！」

使うのはまた解除魔法。

だが、今回は一味違う。

最初に解除した認識阻害魔法は、明らかに人間の手によって仕掛けられたものだったが、それを突破し、今俺たちが立っている空間にかけられた認識阻害魔法は間違いなく人外の存在によって仕掛けられたものだ。

種族が違うと、魔力の質が変化することもある。

今回がまさにその例に当てはまる事例だ。

俺たちが普段接し慣れていない魔力に当てられたから、妙な感覚に襲われたのだ。このような例は、書物で読んだことがある。

二重に仕掛けられた認識阻害魔法。

この特異な状況も相まって、みんな自然と恐怖と動揺を感じていたのだ。

——となると、誰かが以前この地に足を踏み入れたってことになるけど、それについては見当がついていた。

あとは、その「誰か」が隠そうとしていた存在がなんなのか。

その正体が……ついに判明する。

二重に仕掛けられた認識阻害魔法を打ち破り、俺たちの前に「守られていた存在」が姿を現したのだ。

「えっ⁉」

「なっ⁉」

俺とシルヴィアは意外すぎる正体を知って驚きに表情が固まる。他のみんなも、あまりの事態に呆然としていた。

二重にかけられた認識阻害魔法の向こうにいたのは——十五、六人ほどの小さな子どもたちだった。

……いや、子どもと言っても小さすぎる。

何せ、どう見ても身長は大体五十センチ程度しかないのだ。

おまけにふわふわと宙を浮いている。よく見たら背中にちっちゃい羽が生えていた。これらの特徴に合致する存在はひとつしかない。

「まさか……精霊族？」

「「「せ、精霊⁉」」」

さすがに精霊を見た者はいないようで、みんな驚いているようだ。

「ど、どうしてここが分かったのですか⁉」

緑色の長い髪を揺らしながら、宙に浮く精霊はそう尋ねてくる。性別は……外見は女の子っぽいけど精霊となると性別はないのかな。

……ていうか、さっきから精霊たちの様子がおかしい。

「い、一体何が目的なんですか⁉」

「あっ、そ、その、そんなに慌てなくてもいいよ」

取り乱した様子の精霊。

こんなに怯えるということは……過去に人間から何かひどい仕打ちでも受けたのだろうか。もしそうだとするなら、あの厳重な認識阻害魔法にも納得できる。

……だが、待てよ。

この場所を隠していた最初の認識阻害魔法は、明らかに人間が使用したものだった。

一体どういうことなのだろうか。

詳細な情報を聞きだそうとしたのだが——

「あわわわわわ」

……この調子では難しそうだな。

まずはこの子を落ち着かせなくてはいけない。

どう声をかけようか考えていると……

「大丈夫だ、安心しろ」

俺の横をすり抜けて、シルヴィアが精霊に近づく。怯えている精霊をこれ以上怖がらせないよう、慎重に距離を詰めていった。

その際のシルヴィアの表情は……とても柔和なものだった。

名門騎士一族に生まれ、兄三人も揃って騎士。

男家系の中で育ったシルヴィアであったが、最近は今のような柔らかい、優しい顔つきをすることもある。テスラさん曰く、「女性らしさが出てきました」とのことだが、今の表情を見ているとそれも頷けるな。

「私たちは君の敵じゃない。味方だ。信じてほしい」

「えっ……？」

「もし、何か困っていることがあるというのなら助けになりたい」

「…………」

シルヴィアが優しく手を差し伸べると、精霊たちは沈黙したまま戸惑っていた。

痺《しび》れを切らしたディランさんが何やら叫ぼうとしたが、ダイールさんとレオニーさんが、素早い判断によって口をふさぎ、これを未然に阻止。

今それをやったら間違いなく逆効果だったろうからなぁ……グッジョブ、ふたりとも！

このファインプレーにより、落ち着きを取り戻しつつあった精霊たちは少しずつシルヴィアへと近づいていく。

そして――

「……あなたを信じます」

精霊はシルヴィアの手を取った。

すると、それが合図であったかのように――俺たちの周囲に光の球体が出現する。それは少しずつ形を変えていき、精霊の姿となった。その数はザッと見積もって五十くらいか。

「⁉　ま、まだこんなに大勢いたのか……」

まったく気配を感じなかった。

さすがは精霊族といったところか。

やがて、シルヴィアの手を取っていた精霊が話し始めた。

「私たちは霊峰ガンティアに古くから住み着いている山の精霊です」

「山の精霊……」

名前は聞いたことがあった。

ユリアーネの店にあった本の中にも、霊峰ガンティアについてそのような記載は存在している。

とはいえ、それは半ば伝承とかおとぎ話のようなものだと俺は決めつけていた。人前に出てくることが極めて少ない精霊族を実際に見たという者は少なく、また、仮に目撃していたとしても戯言《ざれごと》で片付けられることも多かったからだ。

けど、その精霊族は紛れもなく今目の前にいる。

とりあえず、いろいろと気になっていることを聞いてみるとするか。

いつの間にか小鳥のようにシルヴィアの肩に止まっていた山の精霊へ声をかけようとした際に、その精霊とバッチリ目が合う。

「あれ？」

すると、その山の精霊は俺の顔を見てカクンと首を傾げた。

「えっ？　な、何？」

「あなたは……アダムですか？」

山の精霊は俺をそう呼んだ。

その言葉が引き金となったのか、周りの精霊たちもざわつきはじめる。

「アダム？」

「でも若いよ？」

「アダムに見えるよ？」

「違うの？」

「じゃあ、ミーシャは？」

「ミーシャがいないよ？」

次から次へと声を上げ、だんだん収拾がつかなくなってきた……変に混乱させちゃったみたいで申し訳ないな。

しかし、そのアダムというのがアダム・カルーゾで、ミーシャがミーシャ・カルーゾであるとするなら、話が変わってくる。

何せ、その名前は俺の母方の祖父母のものだ。

かつて、アインレット家から霊峰ガンティアの調査を依頼され、実際に山へ足を踏み入れたアダム・カルーゾとミーシャの夫妻。そこから信頼を得ていき、バーロンを生まれ変わらせた功績を買われて貴族となったふたりだが……その祖父アダムに俺が似ているということは――精霊たちは祖父と会ったことがあるのか？

「あ、あの、アダムって、アダム・カルーゾって名前の人？」

「そうですよ」

あっさりと言われた。

となると、最初に俺が解除した、人間によって仕掛けられた認識阻害魔法は、祖父の手によって行われたものである可能性が高い。祖父は――アダム・カルーゾは、山の精霊たちを守りたかったのか？

「あなたはアダムではないのですか？」

「うん。俺は……そのアダム・カルーゾさんの孫なんだよ」

「⁉」

俺が精霊たちの知るアダム・カルーゾの孫だという事実を告げた途端、ざわめきはさらに大きくなった。

「やっぱりそうでしたか。でも、顔がそっくりなので驚きました」

「そ、そんなに似ているのか？」

母上やテレイザさんにはその辺についてあまり触れられなかった気がする。

まあ、でも、祖父のことを知っている――それも、かなり好意的な印象を抱かれているようなので、今後の話はスムーズに行えそうだ。

「アダムさんはよくここに？」

「毎日のように来ていました。ただ、もう何年も来てはいませんが」

「あぁ……」

それはそうだろう。

だって、祖父は――

「君たちにとっては辛い報告になるかもしれないが――祖父のアダム・カルーゾはもう亡くなっているんだ」

「……そうなのですか。薄々そうではないかと思っていました」

どうやら、ある程度覚悟はしていたようで、大きな混乱は見られなかった。しかし、だからといって祖父の死が悲しくないというわけではなく、先ほどまでの表情と比べて暗さが出ていた。

「祖父はもういないが、その孫である俺がこの辺りの領地の領主になったんだ」

「領主……では、私たちはもうここに住めないと言いに？」

「そんなことはないよ」

俺は山の精霊の言葉を否定する。

「もし君たちが嫌でなければ、これからもここに住んでもらって構わない」

「……いいんですか？」

「むしろ追いだす理由なんてないよ」

そう言って微笑むと、精霊たちから歓声が上がる。

山の精霊といえば、山の守り神の使いとしても有名だ。実際、ここの精霊たちは普段どのようなことをしているのか……それについては大いに興味があった。

ともかく、ファーストコンタクトは成功と見て問題なさそうかな。

俺たちが発見した場所は、精霊の里と名付けられており、祖父母がよく通っていたところらしい。

ここへは精霊たちと遊びに来るだけだったようだが、自分たちが霊峰ガンティアで何をしているのか、その話は彼らにしたという。

「この山に人が暮らせないかどうか調べていると言っていました」

「霊峰ガンティアに？」

おそらく、それはアインレット家からの依頼によるものだろう。

さらに精霊の口から意外な事実が語られる。

「でも、ある日、アダムとミーシャのふたりはこの山から離れなくてはいけないと教えてくれました」

「その理由について、何か言っていた？」

「ここから遠く離れた町に困っている人が大勢いるから、助けに行くと。本当はもっと時間をかけて長くこの山にいたかったと涙ぐんでいました」

それってつまり……バーロンの件か。

自分たちの意思か、あるいは別の思惑か――それを知る術はないが、涙ぐんでいたという話を聞く限り、本人たちの希望ではなかったと察せられる。

……相当葛藤《かっとう》しただろうな。

それでも、自分たちだけではどうしようもなかった。

きっと、祖父母は断腸の思いでこのジェロム地方を離れたのだ。

「……ふたりとも、まだ夢の途中だったんだな」

山猫の獣人族やムデル族と接触したらしいから、きっと祖父母は今の俺がやろうとしていたことに取り組んでいたんだ。

俺はそのことを山の精霊たちに伝えた。

祖父母がコンタクトを取っていた山猫の獣人族とムデル族とはすでに友好関係を結び、これからこの領地がさらに発展し、賑やかになっていくよう努める、と。

山の精霊たちは喜んでいた。

みんな、祖父母が夢半ばにしてこの地を去った事実を知っているから、孫である俺がそれを果たそうとしているということで、応援してくれるという。

今後は、認識阻害魔法なしでも問題ないよう、ルトア村との交流を深めつつ、麓にある村にも遊びに来てもらうとしよう。

精霊の登場する小説を愛読しているユリアーネとか、きっと喜ぶぞ。


予想外な結末ではあったものの、認識阻害魔法で守られた集落で山の精霊たちとコンタクトを取ることに成功した俺たちは、一度村へ戻り、改めてここを訪れると約束した。

今回の件――山の精霊たちとの遭遇により、祖父であるアダム・カルーゾがこの場所を訪れているという新事実が明らかとなった。

それを受けて、俺はもう一度バーロンに住む叔母・テレイザさんの屋敷を訪れようと考えている。

テレイザさんへの報告が第一目的だが、それと並行し、以前訪問した時は時間がなくてあまり読み込めなかった祖父の記録に今回はじっくり目を通したいと思う。

もしかしたら、精霊たちについて何か分かるかもしれないし。

俺たちとの交流兼道案内係を頼むため、一部の精霊をルトア村に待機させておくようお願いをしておいた。

その話を切り出すと、山の精霊たちは大いに喜んだ。

こちらとしてはお願いしている身なので、そこまで喜んでもらえるのはちょっと驚いたのだが、話を聞くと、意外なことに、精霊たちは以前から他種族との交流を望んでいたのだという。

その気持ちを受け取ったあと、数名の精霊を連れてルトア村へと戻った俺たちは、早速長老に状況を報告。

話を聞いた山猫の獣人族は精霊たちを快く受け入れてくれた。

村の人たちは初めて見る精霊たちに驚いた様子だったが、子どもたちを中心にすぐさま打ち解け、楽しそうに話し込んでいる。

一方、俺たちはその様子を見届けてから転移魔法陣を使って麓の村へと帰還。

夕陽によってオレンジ色に染まる周辺の景色を眺めながら、屋敷へと戻った。

「お帰りなさいませ、ロイス様、シルヴィア様」

「「ただいま、テスラさん」」

声がピッタリ揃ったことで、俺とシルヴィアは思わず顔を見合わせる。

「相変わらず相性抜群ですね」

相変わらずの真顔でテスラさんにからかわれて顔が赤くなるタイミングも、まったく同じであった……まあ、喜ばしいことだよ、うん。

「夕飯になさいますか？」

「いや、もう少し待ってもらいたい」

「では、ご一緒にお風呂でも？」

そのご一緒というのはシルヴィアとってことなんだろうけど……スルーしておく。

「荷物を置いたら、シルヴィアと一緒にユリアーネの店に行こうと思う」

「書店へ？　何か必要な書物が？」

「ああ、今後のためにまた新しい本を買っておきたいんでね」

俺はそう告げると、背負っていたリュックをテスラさんに渡す。

「すぐに戻ってくるから、夕飯の支度はしておいてください」

「かしこまりました」

夕食の準備もお願いしておくと、シルヴィアとともにユリアーネの店へと向かった。

ユリアーネの書店は本日の営業を終えて店じまいの直前であったが、無理を言って本を探してもらうことに。前にもあったな、こんな展開。

「領主様のためならば！」

と、気合を入れて山積みされた本の中から新しい本を探しだしてくれた。

それは精霊たちに関する本だった。

まあ、さすがに内容は曖昧な部分が多いものの、参考にはなるだろう。

「あ、あの、領主様……」

俺とシルヴィアが精霊の本を手にすると、ユリアーネはおずおずと手を挙げる。

「そ、そちらは精霊に関する書物ですけど……もしかして、この霊峰ガンティアに精霊が住んでいるんですか？」

「あぁ。というか、ついさっき会って来たよ」

「えええええええええええええぇっ⁉」

物静かな彼女には珍しい大絶叫だった。

「せ、精霊って、本当なんですか⁉」

「ルトア村の近くに、精霊たちが暮らしている里があったんだ。とても可愛かったぞ」

「はあ～……」

シルヴィアからの情報を耳にして、ニヤニヤが止まらなくなったユリアーネ。

「精霊たちはまだ他種族との交流に慣れていないから、現段階での接触は難しいと思うけど、そう遠くないうちに、こっちへも顔を出してくれるはずだ」

「その日が来るのが待ち遠しいです！」

「ははは、そんなに期待してもらえるなら、俺たちとしても精霊たちを一日も早く、こちらへ招くことができるよう、準備をしていかないと。そのためにも、この本は研究用に買わせてもらうよ」

「探してくれて感謝するぞ、ユリアーネ」

「そんな……領主様とシルヴィア様に喜んでいただけて何よりです！」

はにかんだ笑みを浮かべるユリアーネ。

彼女の希望を叶えるためにも、しっかり勉強しないとな。

「あっ、そうだ」

店から出る直前、俺はあることを思い出して足を止める。

「どうかしましたか、領主様」

「いや……実は、明日重大発表をしようと思って」

「「重大発表？」」

ふたりの声がピタリと揃う。

これについてはまだシルヴィアにも話をしていなかった。

深刻な話ってわけじゃないんだけど……なぜかふたりは神妙な面持ちになっている。ここのところいろいろあったから警戒しているのかな？

「それについては明日のお楽しみということで」

「き、気になる終わり方ですね……」

「ふふふ、でも悪い知らせというわけじゃなさそうだからひと安心だ」

やはりシルヴィアはそっち方面と思っていたか。

「大丈夫だよ、シルヴィア。明日を楽しみにしていてくれ」

俺はそう告げてから、一緒にユリアーネの店を出る。

外はすでに真っ暗だった。

ギルドの方からはまだ賑やかな声が聞こえる。

きっと、冒険者たちが酒盛りをしているのだろう。

と、そこへマックが迎えに来てくれた。

「メェ〜!」

「うん？　マック？」

俺たちが夜に出歩いていることを心配したのかもしれない。

「お前は本当にいい子だな」

「メェ〜」

わざわざ迎えに来てくれたことを知ったシルヴィアは、お礼とばかりにマックを撫で回す。それが嬉しかったのか、マックは目を細めてひと鳴き。

「ありがとう、マック。さあ、帰ろうか」

こうして、俺たちふたりと一頭は仲良く並んで屋敷へと戻ったのだった。

◇◇◇

翌朝。

俺は各所に「重要なお知らせがある」と声をかけ、領民たちに屋敷の前へと集まってもらうことにした――のだけど、想定以上の人数が集まってちょっと驚いている。

「い、いつの間に……」

思い返せば、最初は俺とシルヴィアとテスラさんに、フルズさんとエイーダの親子だけだったんだよな。

それが今じゃ軽く百人を超える人数が集まっているし、日に日に増えているという報告も受けていた。

こうして集まってもらい、改めてここへ来た当初に比べてだいぶ賑やかになったことを実感する。

まず、フルズさんが仕切るギルドに、遠方から来た冒険者が宿泊できるよう、宿屋の経営も始まった。

アイテム屋の他に、ユリアーネの書店も意外と言ってはなんだが、盛況だった。

ここで初めて本に触れるという冒険者も大勢いて、中には字の読み書きができない者もいたが、なんとか本を読みたいという一心で店主のユリアーネにいろいろと教えてもらっているようだ。

「一体、重要なお知らせとはなんですかな？」

これまでのことを思い出している間に、みんなを代表して護衛騎士のダイールさんが沈黙したままの俺へそう尋ねる。

たくさんの視線が突き刺さる中、俺は「コホン」と咳払いを挟んでから用件を告げた。

「この村の名前が決定したんだ」

言い終えた瞬間、その場がざわめき立つ。

思えば、割と前から出ていた話題ではあったんだけど……祖父母の屋敷を発見してから山猫の獣人族や山の精霊たちとの交流もあってすっかり忘れていたんだよなぁ。

「それで、名前はなんというんですか!?」

興奮気味に尋ねてきたのはユリアーネだった。精霊の存在が発覚してから、ちょっと性格が変わったのかっていうくらい声を張っている気がする。

——それはさておき。

「では、発表します」

これから、さらにここは発展していくだろう。

願いが叶うなら、この先もずっと今みたいであってほしい。

そういう意味も込めて、俺はこう名付けた。

「アダム——っていうのはどうかな？」

かつて、この村で魔鉱石採掘をしていた祖父の名前。

ちなみに、まだ計画段階で具体的な案は決まっていないが、例の屋敷近くにも近いうちに霊峰ガンティアの調査における中継地点として村をつくろうと考えていて、そちらはミーシャ村と名付ける予定だ。

村の名前とその由来。

さらに、もうひとつの村をつくる計画。

これを耳にした領民たちの反応は――

「アダム……アダム村か」

「いいんじゃないか？」

「領主殿の祖父の名前かぁ」

「しかも、このジェロム地方を以前から調査していたなんて……」

「知らなかったなぁ」

「でも、俺はいいと思うぞ」

「俺もだ」

「領主様の祖父母が達成できなかった夢を叶える……泣かせるぜ！」

概《おお》ね好評のようだ。

「それでは、村の名前はアダム村で最終決定とさせてもらってもいいですか？」

「「「「おおおおおおお！」」」」

地鳴りのような雄叫びが返ってきた。

とりあえず、賛成はしてもらえたので、早速明日にでも王都へ出向いて申請をしよう。それと、バーロンにも行って、このことをテレイザさんにも伝えないとな。

「やれやれ……ひとつ片付いたらまたひとつやることが増えていくよ」

領地運営とは、そういうものだろう。

まだここへ来て一年も経っていないが、少しは慣れてきたと言っていいのかな。

「よぉし！　今日は俺たちの村に名前がついた記念日だ！　ド派手に飲むぞ！」

「いいねぇ！」

「こうなったら最高の食材を用意しねぇとな！」

「酒も忘れちゃ困るぜ！」

「ムデル族や山猫の獣人族たちにも声をかけようぜ！」

「それなら精霊たちも呼ばないとな！」

「来てくれるかぁ？」

「とりあえず、アスコサへ行っていろいろと調達してこねぇと！」

一気に宴会への準備で燃え上がる領民たち。

「よかったな、ロイス。みんなとても喜んでいるぞ」

「あぁ。受け入れてもらえてよかったよ」

大騒ぎをするみんなを見ながら、俺は大きく息を吐く。
アダム村と名付けられた俺たちの出発点。
そこは、今日も朝から活気に満ち溢れていた。
祖父母が思い描いた夢の続き。
今度は、孫である俺が描く番だ。
——たくさんの仲間たちと一緒に。

余りモノ
異世界人の
自由生活
勇者じゃないので勝手にやらせてもらいます
1~5
[著]藤森フクロウ
Fuzimori Fukurou
幼女女神の押しつけギフトで
快適！
辺境ソロ生活！
待望のコミカライズ好評発売中！

余りモノ
異世界人の
自由生活
勇者じゃないので勝手にやらせてもらいます
藤森フクロウ
幼女女神の押しつけギフトで
快適！
辺境ソロ生活！
特別賞

余りモノ
異世界人の
自由生活
1
勇者じゃないので勝手にやらせてもらいます
やらかし王子や駄女神様の相手も"お手の物"!?
異世界ブラック国家を脱出し、神スキルと機転で
田舎暮らしを大満喫！

不死王はスローライフを希望します
FUSHIOU WA SLOW LIFE WO KIBOU SHIMASU
1~4
小狐丸
Kogitsunemaru
待望のコミカライズ
好評発売中!

不死王はスローライフを希望します
FUSHIOU WA SLOW LIFE WO KIBOU SHIMASU
小狐丸
最弱ゴーストから最強バンパイアに超進化!?
辺境の森でエルフ娘を
の〜んびり子育て中!

不死王はスローライフを希望します
1
小狐丸
小滝カイ
武力も魔力も極めた最強バンパイア
魔境でのんびり
生産力を極めます
農作物からゴーレムまで、ほのぼの生産系異世界ファンタジー!

sarawareta tensei ouji ha shitamachi de slow life wo mankitsuchu!?

攫われた転生王子は下町でスローライフを満喫中!?

伽羅

kyara

アルファポリス
第2回
次世代ファンタジーカップ
スローライフ賞
受賞作!!

発明好きな少年の正体は——
王宮から消えた第一王子?

前世の知識で大改革しながら

のびのび下町ライフ!

生まれて間もない王子アルベールは、ある日気がつくと川に流されていた。危うく溺れかけたところを下町に暮らす元冒険者夫婦に助けられ、そのまま育てられることに。優しい両親に可愛がられ、アルベールは下町でのんびり暮らしていくことを決意する。ところが……王宮では姿を消した第一王子を捜し、大混乱に陥っていた! そんなことは露知らず、アルベールはよみがえった前世の記憶を頼りに自由気ままに料理やゲームを次々発明。あっという間に神童扱いされ、下町がみるみる発展してしまい——発明好きな転生王子のお忍び下町ライフ、開幕!

◉定価:1320円(10%税込) ISBN 978-4-434-31343-1 ◉illustration:キッカイキ

この作品に対する皆様のご意見・ご感想をお待ちしております。

おハガキ・お手紙は以下の宛先にお送りください。

【宛先】

〒150-6008 東京都渋谷区恵比寿 4-20-3 恵比寿ｶﾞｰﾃﾞﾝﾌﾟﾚｲｽﾀﾜｰ 8F
（株）アルファポリス　書籍感想係

メールフォームでのご意見・ご感想は右のＱＲコードから
あるいは以下のワードで検索をかけてください。

アルファポリス　書籍の感想　検索

ご感想はこちらから

本書はWebサイト「アルファポリス」（https://www.alphapolis.co.jp/）に投稿されたものを、
改題・改稿、加筆のうえ、書籍化したものです。

無属性《むぞくせい》魔法《まほう》って地味《じみ》ですか？３

「派手《はで》さがない」と見捨《みす》てられた少年《しょうねん》は最果《さいは》ての領地《りょうち》で自由《じゆう》に暮《く》らす

鈴木《すずき》 竜一《りゅういち》

2023年 1月31日初版発行

編集ー藤井秀樹・芦田尚
編集長ー太田鉄平
発行者ー梶本雄介
発行所ー株式会社アルファポリス
〒150-6008 東京都渋谷区恵比寿4-20-3 恵比寿ｶﾞｰﾃﾞﾝﾌﾟﾚｲｽﾀﾜｰ8F
TEL 03-6277-1601（営業） 03-6277-1602（編集）
URL https://www.alphapolis.co.jp/
発売元ー株式会社星雲社（共同出版社・流通責任出版社）
〒112-0005 東京都文京区水道1-3-30
TEL 03-3868-3275
装丁・本文イラストーいずみけい
装丁デザインーAFTERGLOW
印刷ー図書印刷株式会社

価格はカバーに表示されてあります。

落丁乱丁の場合はアルファポリスまでご連絡ください。

送料は小社負担でお取り替えします。


ISBN978-4-434-31410-0 C0093